KUWEI
酷威文化
图书 影视

人间至美

朱光潜经典散文集

REN JIAN ZHI MEI

朱光潜 著

花山文艺出版社

河北·石家庄

人间至美

目 录
Contents

壹 听内心的声音，让自己醒来 | 001
❀ 像草木虫鱼一样，顺着自然所给的本性生活

谈人生与我 / 003
慈慧殿三号 / 008
后门大街 / 014
花会 / 019

贰 万物有灵且美 | 025
❀ 美本极为柔弱，却不可征服

我们对于一棵古松的三种态度
　　——实用的、科学的、美感的 / 027
"子非鱼，安知鱼之乐？"
　　——宇宙的人情化 / 033
"记得绿罗裙，处处怜芳草"
　　——美感与联想 / 040
两种美 / 046

叁 温和地坐在黑暗里 | 053
你的心界愈空灵，愈不觉物界喧嚣

诗人的孤寂 / 055

谈在卢佛尔宫所得的一个感想 / 060

谈十字街头 / 065

谈 动 / 070

谈 静 / 073

肆 此时 此地 此身 | 077
这世界之所以美满，就在有缺陷，有希望的机会，想象的天地

朝抵抗力最大的路径走 / 079

谈多元宇宙 / 088

谈摆脱 / 093

谈立志 / 098

谈休息 / 104

谈消遣 / 110

伍 灵魂在杰作中的冒险 | 117
在微尘中见出大千，在刹那中见出终古

无言之美 / 119

诗的无限 / 131
"读书破万卷，下笔如有神"
　　——天才与灵感 / 139
希腊女神的雕像和血色鲜丽的英国姑娘
　　——美感与快感 / 146
悲剧与人生的距离 / 152
谈学文艺的甘苦 / 156

陆　慢慢走，欣赏啊 | 163
❀ 我们要做的，只不过是发现生活之美

"慢慢走，欣赏啊！"
　　——人生的艺术化 / 165
"大人者不失其赤子之心"
　　——艺术与游戏 / 173
"从心所欲，不逾矩"
　　——创造与格律 / 180
"超以象外，得其环中"
　　——创造与情感 / 186
"当局者迷，旁观者清"
　　——艺术和实际人生的距离 / 193
"情人眼底出西施"
　　——美与自然 / 200
附录：作者自传 / 207

壹 听内心的声音，让自己醒来

像草木虫鱼一样，顺着自然所给的本性生活

谈人生与我

朋友：

我写了许多信，还没有郑重其事地谈到人生问题，这是一则因为这个问题实在谈滥了，一则也因为我看这个问题并不如一般人看得那样重要。在这最后一封信里我之所以提出这个滥题来讨论，并不是要说出什么一番大道理，不过把我自己平时几种对于人生的态度随便拿来做一次谈料。

我有两种看待人生的方法。在第一种方法里，我把我自己摆在前台，和世界一切人和物在一块玩把戏；在第二种方法里，我把我自己摆在后台，袖手看旁人在那儿装腔作势。

站在前台时，我把我自己看得和旁人一样，不但和旁人一样，并且和鸟兽虫鱼诸物也都一样。人类比其他物类痛苦，就因为人类把自己看得比其他物类重要。人类中有一部分人比其余的人苦痛，就因为这一部分人把自己比其余的人看得重要。比方穿衣吃饭是多么简单的事，然而在这个世界里居然成为一个极重要的问题，就因为有一部分人要亏人自肥。再比方生死，这又是多么简单的事，无量数人和无量数物都已生过来死过去了。一个小虫让车轮压死了，或者一朵鲜花让狂风吹落了，在虫和花自己都决不值得计较或留恋，而在人类则生老病死以后偏要加上一个苦字。这无非是因为人们希望造物主宰待他们自己应该比草木虫鱼特别优厚。

因为如此着想，我把自己看作草木虫鱼的侪辈，草木虫鱼在和风甘露中是那样活着，在炎暑寒冬中也还是那样活着。像庄子所说，它们"诱然皆生，而不知其所以生；同焉皆得，而不知其所以得"。它们时而戾天跃渊，欣欣向荣，时而含葩敛翅，晏然蛰处，都顺着自然所赋予的那一副本性。它们决不计较生活应该是如何，决不追究生活是为着什么，也决不埋怨上天待它们特薄，把它们供人类宰割凌虐。在它们说，生活自身就是方法，生活自身也就是目的。

从草木虫鱼的生活，我觉得一个经验。我不在生活以外别求生活方法，不在生活以外别求生活目的。世间少我一个，多我一个，或者我时而幸运，时而受灾祸侵逼，我以为这都无伤天地之和。你如果问我，人们应该如何生活才好呢？我说，就顺着自然所给的本性生活着，像草木虫鱼一样。你如果问我，人们生活在这变幻无常的世相中究竟为着什么？我说，生活就是为着生活，别无其他目的。你如果向我埋怨天公说，人生是多么苦恼啊！我说，人们并非生在这个世界来享幸福的，所以那并不算奇怪。

这并不是一种颓废的人生观。你如果说我的话带有颓废的色彩，我请你在春天到百花齐放的园子里去，看看蝴蝶飞，听听鸟儿鸣，然后再回到十字街头，仔细瞧瞧人们的面孔，你看谁是活泼，谁是颓废？

请你在冬天积雪凝寒的时候，看看雪压的松树，看着站在冰上的鸥和游在水中的鱼，然后再回头看看遇苦便叫的那"万物之灵"，你以为谁比较能耐苦持恒呢？

我拿人比禽兽，有人也许目为异端邪说。其实我如果要援引"经典"，称道孔孟以辩护我的见解，也并不是难事。孔子所谓"知命"，孟子所谓"尽性"，庄子所谓"齐物"，宋儒所谓"廓然大公，物来顺应"，和希腊廊下派哲学，我都可以引申成一篇经义文，做我的护身符。然而我觉得这大可不必。我虽不把自己比旁人看得重要，我也不把自己看得比旁人分外低能，如果我的理由是理由，就不用仗先圣先贤的声威。

以上是我站在前台对于人生的态度。但是我平时很欢喜站在后台看人生。许多人把人生看作只有善恶分别的，所以他们的态度不是留恋，就是厌恶。我站在后台时把人和物也一律看待，我看西施、嫫母、秦桧、岳飞也和我看八哥、鹦鹉、甘草、黄连一样，我看匠人盖屋也和我看鸟鹊营巢、蚂蚁打洞一样，我看战争也和我看斗鸡一样，我看恋爱也和我看雄蜻蜓追雌蜻蜓一样。因此，是非善恶对我都无意义，我只觉得对着这些纷纭扰攘的人和物，好比看图画，好比看小说，件件都很有趣味。

这些有趣味的人和物之中自然也有一个分别。有些有趣味，是因为它们带有很浓厚的喜剧成分；有些有趣味，是因为它们带有很深刻的悲剧成分。

我有时看到人生的喜剧。前天遇见一个小外交官，他的上下巴都光光如也，和人说话时却常常用大拇指和食指在腮旁捻一捻，像有胡须似的。他们说这是官气，我看到这种举动比看诙谐画还更有趣味。许多年前一位同事常常很气愤地向人说："如果我是一个女子，我至少已接得一尺厚的求婚书了！"偏偏他不是女子，这已经是喜剧；何况他又麻又丑，纵然他幸而为女子，也绝不会有求婚书的麻烦，而他却以此沾沾自喜，这总算得喜剧之喜剧了。这件事和英国文学家哥尔德斯密斯的一段逸事一样有趣。他有一次陪几个女子在荷兰某一个桥上散步，看见桥上行人个个都注意他同行的女子，而没有一个睬他自己，便板起面孔很气愤地说："哼，在别的地方也有人这样看我咧！"如此等类的事，我天天都见得着。在闲静寂寞的时候，我把这一类的小小事件从记忆中召回来，寻思玩味，觉得比抽烟饮茶还更有味。老实说，假如这个世界中没有曹雪芹所描写的刘姥姥，没有吴敬梓所描写的严贡生，没有莫里哀所描写的达尔杜弗和阿尔巴贡，生命更不值得留恋了。我感谢刘姥姥、严贡生一流人物，更甚于我感谢钱塘的潮和匡庐的瀑。

其次，人生的悲剧尤其能使我惊心动魄；许多人因为人生多悲剧而悲观厌世，我却以为人生有价值正因其有悲剧。我在几年前做的《无言之美》里曾说明这个道理，现在引一段来：

> 我们所居的世界是最完美的，就因为它是最不完美的。这话表面看来，不通已极。但是实含有至理。假如世界是完美的，人类所过的生活——比好一点，是神仙的生活，比坏一点，就是猪的生活——便呆板单调已极，因为倘若件件事都尽美尽善

了，自然没有希望发生，更没有努力奋斗的必要。人生最可乐的就是活动所生的感觉，就是奋斗成功而得的快慰。世界既完美，我们如何能尝创造成功的快慰？这个世界之所以美满，就在有缺陷，就在有希望的机会，有想象的田地。换句话说，世界有缺陷，可能性才大。

这个道理李石岑先生在《一般》三卷三号所发表的《缺陷论》里也说得很透辟。悲剧也就是人生一种缺陷。它好比洪涛巨浪，令人在平凡中见出庄严，在黑暗中见出光彩。假如荆轲真正刺中秦始皇，林黛玉真正嫁了贾宝玉，也不过闹个平凡收场，哪得叫千载以后的人唏嘘赞叹？以李太白那样天才，偏要和江淹戏弄笔墨，做了一篇《反恨赋》，和《上韩荆州书》一样庸俗无味。毛声山评《琵琶记》，说他有意要做"补天石"传奇十种，把古今几件悲剧都改个快活收场，他没有实行，总算是一件幸事。人生本来要有悲剧才能算人生，你偏想把它一笔勾销，不说你勾销不去，就是勾销去了，人生反更索然寡趣。所以我无论站在前台或站在后台时，对于失败，对于罪孽，对于殃咎，都是一副冷眼看待，都是用一个热心惊赞。

朋友，我感谢你费去宝贵的时光读我的这十二封信，如果你不厌倦，将来我也许常常和你通信闲谈，现在让我暂时告别罢！

你的朋友　孟实

慈慧殿三号

慈慧殿并没有殿，它只是后门里一个小胡同，因西口一座小庙得名。庙中供的是什么菩萨，我在此住了三年，始终没有探头去一看，虽然路过庙门时，心里总要费一番揣测。慈慧殿三号和这座小庙隔着三四家居户，初次来访的朋友们都疑心它是庙，至少，它给他们的是一座古庙的印象，尤其是在树没有叶的时候；在北平，只有夏天才真是春天，所以慈慧殿三号像古庙的时候是很长的。它像庙，一则是因为它荒凉，二则是因为它冷清，但是最大的类似点恐怕在它的建筑，它孤零零地兀立在破墙荒园之中，显然与一般民房不同。这三年来，我做了它的临时"住持"，到现在仍没有请书家题一个某某斋或某某馆之类的匾额来点缀，始终很固执地叫它"慈慧殿三号"，这正如有庙无佛，多一事不如省一事。

慈慧殿三号的左右邻家都有崭新的朱漆大门，它的破烂污秽的门楼居在中间，越发显得它是一个破落户的样子。一进门，右手是一个煤栈，是今年新搬来的，天晴时天井里右方隙地总是晒着煤球，有时门口停着运煤的大车以及所应有的附属品——黑麻布袋、黑牲口、满面涂着黑煤灰的车夫。在北方居过的人会立刻联想到一种类型的龌龊场所。一沾上煤没有不黑不脏的，你想想德胜门外、门头沟车站或是旧工厂的锅炉房，你对于慈慧殿三号的门面就可以想象得一个大概。

和煤栈对面的——仍然在慈慧殿三号疆域以内——是一个车房，所谓"车房"就是停人力车和人力车夫居住的地方。无论是停车的或是住车夫的房子照例是只有三面墙，一面露天，房子对于他们的用处只是遮风雨；至于防贼、掩盖秘密，都全是另一个阶级的需要。慈慧殿三号的门楼右手只有两间这样三面墙的房子，五六个车子占了一间；在其余的一间里，车夫、车夫的妻子和猫狗进行他们的一切活动：做饭、吃饭、睡觉、养儿子、会客谈天等等。晚上回来，你总可以看见车夫和他的大肚子妻子"举案齐眉"式地蹲在地上用晚饭，房东的看门的老太婆捧着长烟杆，闭着眼睛，坐在旁边吸旱烟。有时他们围着那位精明强干的车夫听他演说时事或故事。虽无瓜架豆棚，却是乡村式的太平岁月。

这些都在二道门以外。进二道门一直望进去是一座高大而空阔的四合房子。里面整年鸦雀无声，原因是唯一的男主人天天是夜出早归，白天里是他的高卧时间；其余尽是妇道之家，都挤在最后一进房子，让前面的房子空着。房子里面从"御赐"的屏风到四足不全的椅凳都已逐渐典卖干净，连这座空房子也已经抵押了超过卖价的债项。这里面七八口之家怎样撑持他们的槁木死灰的生命是谁也猜不出来的疑案。在三十年以前他们是声威煊赫的"皇带子",杀人不用偿命的。我和他们整年无交涉,除非是他们的"大爷"偶尔拿一部宋拓《圣教序》或是一块端砚来向我换一点烟资,他们的小姐们每年照例到我的园子里来两次,春天来摘一次丁香花,秋天来打一次枣子。

煤栈、车房、破落户的旗人,北平的本地风光算是应有尽有了。我所住持的"庙"原来和这几家共一个大门出入,和它们公用"慈慧殿三号"的门牌,不过在事实上是和它们隔开来的。进二道门之后向右转,当头就是一道隔墙。进这隔墙的门才是我所特指的"慈慧殿三号"。本来这园子的几十丈左右长的围墙随处可以打一个孔,开一个独立的门户。有些朋友们嫌大门口太不像样子,常劝我这样办,但是我始终没有听从,因为我舍不得煤栈车房给我的那一点劳动生活的景象,舍不得进门时那一点曲折和跨进园子时那一点突然惊讶。如果自营一个独立门户,这几个美点就全毁了。

从煤栈车房转弯走进隔墙的门,你不能不感到一种突然惊讶。如果是早晨的话,你会立刻想到"清晨入古寺,初日照高林。曲径通幽处,禅房花木深"几句诗是恰好配用在这里的。百年以上的老树到处都可爱,尤其是在城市里成林;什么种类都可爱,尤其是松柏和楸。这里没有一棵松树,我有时不免埋怨百年以前经营这个园子的主人太疏忽。柏树也只有一棵大的,但它确实是大,而且一走进隔墙门就是它,它的浓荫布满了一个小院子,还分润到三间厢房。柏树以外,最多的是枣树,最稀奇的是楸树。北平城里人家有三棵两棵楸树的便视为珍宝,这里的楸树一数就可以数上十来棵,沿后院东墙脚的一排七棵俨然形成一段天然的墙。我到北平以后才见识楸树，一见就欢喜它。它在树木中间是神仙中间的铁拐李，庄子所说的"大本臃肿而不中绳墨，小枝卷曲而不中规矩"，拿来形容楸似乎比形容樗更恰当。最奇怪的是这臃肿卷曲的老树到春天来会开类似牵牛的白花，到夏天来会放类似桑榆的碧绿的嫩叶。这园子里树林本来很杂乱，大的小的，高的低的，不伦不类地混在一起；但是这十来棵楸树在杂乱中辟出一个头绪来，替园子注定一个明显的个性。

　　我不是能雇用园丁的阶级中人，要说自己动手拿锄头喷壶吧，一时兴到，容或暂以此为消遣，但是"一日曝之，十日寒之"，究竟无济于事，所以园子终年是荒着的。一到夏天来，狗尾草、蒿子、前几年枣核落地所长生的小树，以及许多只有植物学家才能辨别的草都长得有腰深。偶尔栽几棵丝瓜、玉蜀黍，以及西红柿之类的蔬菜，到后来都没在草里看不见。我自己特别挖过一片地，种了几棵芍药，两年没有开过一朵花。所以园子里所有的草木花都是自生自长用不着人经营的。秋天栽菊花比较成功，因为那时节没有多少乱草和它做剧烈的"生存竞争"。这一年以来，厨子稍分余暇来做"开荒"的工作，但是乱草总是比他勤快，随拔随长，日夜不息。如果任我自己的脾胃，我觉得对于园子还是取绝对的放任主义较好。我的理由并不像浪漫时代诗人们所怀想的，并不是要找一个荒凉凄惨的境界来配合一种可笑的伤感。我欢喜一切生物和无生物尽量地维持它们的本来面目，我欢喜自然的粗率和芜乱，所以我始终不能真正地欣赏一个很整齐有秩序，路像棋盘，常青树剪成几何形体的园子，这正如我不欢喜赵子昂的字、仇英的画，或是一个中年妇女的油头粉面。我不要求房东把后院三间有顶无墙的破屋拆去或修理好，也是因为这个缘故。它要倒塌，就随它自己倒塌；它一日不倒塌，我一日尊重它的生存权。

园子里没有什么家畜动物。三年前宗岱和我合住的时节，他在北海里捉得一只刺猬回来放在园子里养着。后来它在夜里常作怪声气，惹得老妈见神见鬼。近来它穿墙迁到邻家去了，朋友送了一只小猫来，算是补了它的缺。鸟雀儿北方本来就不多，但是因为几十棵老树的招邀，北方所有的鸟雀儿这里也算应有尽有。长年的顾客要算老鸹。它大概是鸦的别名，不过我没有下过考证。在南方是不祥之鸟，在北方听说它有什么神话传说保护它，所以它虽然那样地"语言无味，面目可憎"，却没有人肯剿灭它。它在鸟类中大概是最爱叫苦爱吵嘴的。你整年都听它在叫，但是永远听不出一点叫声是表现它对于生命的欣悦。在天要亮未亮的时候，它叫得特别起劲，它仿佛拼命地不让你享受香甜的晨睡，你不醒，它也引你做惊惧梦。我初来时曾买了弓弹去射它，后来弓坏了，弹完了，也就只得向它投降。反正披衣冒冷风起来驱逐它，你也还是不能睡早觉。老鸹之外，麻雀甚多，无可记载。秋冬之季常有一种颜色极漂亮的鸟雀成群飞来，形状很类似画眉，不过不会歌唱。宗岱在此时硬说它来有喜兆，相信它和他请铁板神算家所批的八字都预兆他的婚姻恋爱的成功，但是他的讼事终于是败诉，他所追求的人终于是高飞远扬。他搬走以后，这奇怪的鸟雀到了节令仍旧成群飞来。鉴于往事，我也就不肯多存奢望了。

有一位朋友的太太说慈慧殿三号颇类似《聊斋志异》中所常见的

故家宅第,"旷废无居人,久之蓬蒿渐满,双扉常闭,白昼亦无敢入者……"但是如果有一位好奇的书生在月夜里探头进去一看,会瞥见一位散花天女,嫣然微笑,叫他"不觉神摇意夺",如此等情……我本凡胎,无此缘分,但是有一件"异"事也颇堪一"志"。有一天晚上,我躺在沙发上看书,凌坐在对面的沙发上共着一盏灯做针线,一切都沉在寂静里,猛然间听见一位穿革履的女人滴滴答答地从外面走廊的砖地上一步一步地走进来。我听见了,她也听见了,都猜着这是沉樱来了——她有时踏这种步声走进来。我走到门前掀帘子去迎她,声音却没有了,什么也没有看见。后来再四推测所得的解释是街上行人的步声,因为夜静,虽然是很远,听起来就好像近在咫尺。这究竟很奇怪,因为我们坐的地方是一个很空旷的园子里,离街很远,平时在房子里绝对听不见街上行人的步声,而且那次听见步声分明是在走廊的砖地上。这件事常存在我的心里,我仿佛得到一种启示,觉得我在这城市中所听到的一切声音都像那一夜所听到的步声,听起来那么近,而实在却又那么远。

后门大街

人生第一乐趣是朋友的契合。假如你有一个情趣相投的朋友居在邻近，风晨雨夕，彼此用不着走许多路就可以见面，一见面就可以毫无拘束地闲谈，而且一谈就可以谈出心事来，你不嫌他有一点怪脾气，他也不嫌你迟钝迂腐，像约翰逊和鲍斯威尔在一块儿似的，那你就没有理由埋怨你的星宿。这种幸福永远使我可望而不可攀。第一，我生性不会谈话，和一个朋友在一块儿坐不到半点钟，就有些心虚胆怯，刻刻意识到我的呆板干枯叫对方感到乏味。谁高兴向一个只会说"是的""那也未见得"之类无谓语的人溜嗓子呢？其次，真正亲切的朋友都要结在幼年，人过三十，都不免不由自主地染上一些世故气，很难结交真正情趣相投的朋友。"相识满天下，知心能几人？"虽是两句平凡语，却是慨乎言之。因此，我唯一的解闷的方法就只有逛后门大街。

居过北平的人都知道北平的街道像棋盘线似的依照对称原则排

列。有东四牌楼就有西四牌楼，有天安门大街就有地安门大街。北平的精华可以说全在天安门大街。它的宽大、整洁、辉煌，立刻就会使你觉得它象征一个古国古城的伟大雍容的气象。地安门（后门）大街恰好给它做一个强烈的反衬。它偏僻、阴暗、湫隘、局促，没有一点可以叫一个初来的游人留恋。我住在地安门里的慈慧殿，要出去闲逛，就只有这条街最就便。我无论是阴晴冷热，无日不出门闲逛，一出门就很机械地走到后门大街。它对于我好比一个朋友，虽是平凡无奇，因为天天见面，很熟悉，也就变成很亲切了。

　　从慈慧殿到北海后门比到后门大街也只远几百步路。出后门，一直向北走就是后门大街，向西转稍走几百步路就是北海。后门大街我无日不走，北海则从老友徐中舒随中央研究院南迁以后（他原先住在北海），我每周至多只去一次。这并非北海对于我没有意味，我相信北海比我所见过的一切园子都好，但是北海对于我终于是一种奢侈，好比乡下姑娘的唯一的一件的漂亮衣，不轻易从箱底翻出来穿一穿的。有时我本预备去北海，但是一走到后门，就变了心眼，一直朝北去走大街，不向西转那一个弯。到北海要买门票，花二十枚铜子是小事，免不着那一层手续，究竟是一种麻烦；走后门大街可以长驱直入，没有站岗的向你伸手索票，打断你的幻想。这是第一个分别。在北海逛的是时髦人物，个个是衣冠楚楚，油头滑面的。你头发没有梳，胡子没有光，鞋子也没有换一双干净的，"囚首垢面而谈诗书"，已经是大不韪，何况逛公园？后门大街上走的尽是贩夫走卒，没有人嫌你怪相，你可以彻底地"随便"。这是第二个分别。逛北海，走到"仿膳"

或是"漪澜堂"的门前,你不免想抬头看看那些喝茶的中间有你的熟人没有,但是你又怕打招呼,怕那里有你的熟人,故意地低着头匆匆地走过去,像做了什么坏事似的。在后门大街上你准碰不见一个熟人,虽然常见到彼此未通过姓名的熟面孔,也各行其便,用不着打无谓的招呼。你可以尽量地饱尝着"匿名者"(incognito)的心中一点自由而诡秘的意味。这是第三个分别。因为这些缘故,我老是牺牲北海的雕梁画栋和香荷绿柳而独行踽踽于后门大街。

到后门大街我很少空手回来。它虽然是破烂,虽然没有半里路长,却有十几家古玩铺、一家旧书店。这一点点缀可以见出后门大街也曾经过一个繁华时代,阅历过一些沧桑岁月,后门旧为旗人区域,旗人破落了,后门也就随之破落。但是那些破落户的破铜破铁还不断地送到后门的古玩铺和荒货摊。这些东西本来没有多少值得收藏的,但是偶尔遇到一两件,实在比隆福寺和厂甸的便宜。我花过四块钱买了一部明初拓本《史晨碑》,六块钱买了二十几锭乾隆御墨,两块钱买了两把七星双刀,有时候花几毛钱买一个瓷瓶、一张旧纸,或是一个香炉。这些小东西本无足贵,但是到手时那一阵高兴实在是很值得追求。我从前在乡下时学过钓鱼,常蹲半天看不见浮标晃影子,偶然钓起来一个寸长的小鱼,虽明知其不满一咽,心里却非常愉快,我究竟是钓得了,没有落空。我在后门大街逛古董铺和荒货摊,心情正如钓鱼。鱼是小事,钓着和期待着有趣,钓得到什么,自然更是有趣。许多古玩铺和旧书店的老板都和我由熟识而成好朋友。过他们的门前,我的脚不由自主地踏进去。进去了,看了半天,件件东西都还是昨天所见过的。我自己觉得翻了半天还是空手走,有些对不起主人;主人也觉得没有什么新东西可以卖给我,心里有些歉然。但是这一点不尴尬,并不能妨碍我和主人的好感,到明天,我的脚还是照旧地不由自主地踏进他的门,他也依旧打起那副笑面孔接待我。

后门大街龌龊,是毋庸讳言的。就目前说,它虽不是贫民窟,一切却是十足的平民化。平民的最基本的需要是吃,后门大街上许多活动都是根据这个基本需要而在那里川流不息地进行。假如你是一个外来人,在后门大街走过一趟之后,坐下来搜求你的心影,除着破铜破铁破衣破鞋之外,就只有青葱大蒜、油条烧饼和卤肉肥肠,一些油腻腻、灰灰土土的七三八四和苍蝇、骆驼混在一堆,在你的昏眩的眼帘前晃影子。如果你回想你所见到的行人,他不是站在锅炉边嚼烧饼的洋车夫,就是坐在扁担上看守大蒜、咸鱼的小贩。那里所有的颜色和气味都是很强烈的。这些混乱而又秽浊的景象有如陈年牛酪和臭豆腐乳,在初次接触时自然不免惹起你的嫌恶;但是如果你尝惯了它的滋味,它对于你却有一种不可抵御的引诱。

别说后门大街平凡,它有的是生命和变化!只要你有好奇心,肯乱窜,在这不满半里路长的街上和附近,你准可以不断地发现新世界。我逛过一年以上,才发现路西一个夹道里有一家茶馆。花三大枚的水钱,你可以在那儿坐一晚,听一部《济公传》或是《长坂坡》。至于火神庙里那位老拳师变成我的师父,还是最近的事。你如果有幽默的癖性,你随时可以在那里寻到有趣的消遣。有一天晚上我坐在一家旧书铺里,从外面进来一个跛子,向店主人说了关于他的生平,一篇可怜的故事，讨了一个铜子出去。我觉得这人奇怪，就起来跟在他后面走，看他跛进了十几家店铺之后，腿子猛然直起来，踏着很平稳安闲的大步，唱"我好比南来雁"，沉没到一个阴暗的夹道里去了。在这个世界里的人们，无论他们的生活是复杂或简单，关于谁你能够说"我真正明白他的底细"呢？

一到了上灯时候，尤其在夏天，后门大街就在它的古老躯干之上尽量地炫耀近代文明。理发馆和航空奖券经理所的门前悬着一排又一排的百支烛光的电灯，照相馆的玻璃窗里所陈设的时装少女和京戏名角的照片也越发显得光彩夺目。家家洋货铺门上都张着无线电的大口喇叭，放送京戏鼓书相声和说不尽的许多其他热闹玩意儿。这时候后门大街就变成人山人海，左也是人，右也是人，各种各样的人。少奶奶牵着她的花簇簇的小儿女，羊肉店的老板扑着他的芭蕉叶，白衫黑裙和翻领卷袖的学生们抱着膀子或是靠着电线杆，泥瓦匠坐在阶石上敲去旱烟筒里的灰，大家都一齐心领神会似的在听，在看，在发呆。在这种时候，后门大街上准有我；在这种时候，我丢开几十年教育和几千年文化在我身上所加的重压，自自在在地沉没在贤愚一体、皂白不分的人群中，尽量地满足牛要跟牛在一块儿、蚂蚁要跟蚂蚁在一块儿那一种原始的要求。我觉得自己是这一大群人中的一个人，我在我自己的心腔血管中感觉到这一大群人的脉搏的跳动。

后门大街。对于一个怕周旋而又不甘寂寞的人，你是多么亲切的一个朋友！

花 会

> 紫陌红尘拂面来，无人不道看花回。
>
> ——刘禹锡

成都整年难得见太阳，全城的人天天都埋在阴霾里，像古井阑的苔藓，他们浑身染着地方色彩，浸润阴幽、沉寂，永远在薄雾浓云里度过他们的悠悠岁月。他们好闲，却并不甘寂寞，吃饭、喝茶、逛街、看戏，都向人多的处所挤。挤来挤去，左右不过是那几个地方。早上坐少城公园的茶馆，晚上逛春熙路，西东大街以及满街挂着牛肉的皇城坎，你会想到成都人没有在家里坐着的习惯，有闲空总得出门，有热闹总得挨凑进去。成都人的生活可以说是"户外的"，但是同时也是"城里的"。翻来覆去，总跳不出这个城圈子。五十万的人口、几十方里的面积，形成一种大规模的蜂巢蚁穴。所以表面看来，车如流水马如龙，无处不是骚动，而实际上这种骚动只是蛰伏式的蠕动，像成都一位老作家所说的"死水微澜"。

花会时节是成都人的惊蛰期。举行花会的地方是西门外的青羊宫。这座大道观据说是从唐朝遗留下来的。花会起于何朝何代，尚待考据家去推断，大概来源也很早。成都的天气是著名的阴沉，但在阳春三月，风光却特别明媚。春来得迟，一来了，气候就猛然由温暖而热燥，所以在其他地带分季开放的花卉在成都却连班出现。梅花、茶花没有谢，接着就是桃杏，桃杏没有谢，接着就是木槿、剑兰、芍药。在三月里你可以同时见到冬、春、夏三季的花。自然，最普遍的花要算菜花。成都大平原纵横有五六百里路之广。三月间登高一望，视线所能达到的地方尽是菜花麦苗，金黄一片，杂以油绿，委实是一种大观。在太阳之下，花光草色如怒火放焰，闪闪浮动，固然显出山河浩荡生气蓬勃的景象，有时春阴四布，小风薄云，苗青鹊静，亦别有一番清幽情致。这时候成都人，无论是男女老少，便成群结队地出城游春了。

　　游春自然是赶花会。花会之名并不副实。陈列各种时花的地方是庙东南一个偏僻的角落。所陈列的不过是一些普通花卉，并无名品，据说今年花会未经政府提倡，没有往年的热闹，外县以及本城的名园都没有把他们的珍品送来。无论如何，到花会来的人重要目的并不在看花而在凑热闹看人。成都人究竟是成都人，丢不开那古老城市的风俗习惯。花会场所还是成都城市的具体而微。古董摊和书画摊是成都搬来的会府和西玉龙街，铜铁摊是成都搬来的东御街，著名的吴抄手在此有临时分店，临时茶馆、菜馆、面馆更简直都还是成都城里的那种气派。每个菜馆后面差不多都有个篾篷，一个大篾箱似的东西只留着一个方孔做门，门上挂着大红布帘。里面锣鼓喧阗，川戏、相声、扬琴、大鼓、杂耍，应有尽有。纵横不过一里的地方，除着成都城里所有的形形色色之外，还有乡下人摆的竹器、木器、花根、谷种，以至于锄头、菜刀、水桶、烟杆之类。地方小，花样多，所以挤，所以热闹。大家来此吃、喝、买、卖、"耍"、看，城里人来看乡下人，乡下人来看城里人，男的来看女的，女的来看男的。好一幅仇十洲的《清明上河图》，虽然它所表现的不尽是太平盛世的攘往熙来的盛况。

除掉几条繁盛街道之外，成都在大体上还保存着古代城市的原始风味。舶来品尽管在电光闪烁之下惊心夺目，在幽暗僻静的街道里，铜铁匠还是用钉锤锻生铜制锅、制水烟袋，织工们还是在竹框撑紧的蜀锦上一针一线地绣花绣鸟。所有的道地的工商业都还是手工品的工商业。他们的制法和用法都有很长久的传统做基础。要是为实用的，它们必定是坚实耐久；要是为玩耍的，它们必定是精细雅致。一个水桶的提手横木可以粗得像屋梁，一茎狗尾草叶可以编成口跟脚翅全具的蚱蜢或蜻蜓。只要你还保存有几分稚气，花会中所陈列的这些大大小小的物品件件都很可以使你流连。假如你像我的话，有一个好玩的小孩子，你可注意的东西就更多，风车、泥人、木马、小花篮，以及许多形形色色的小玩具都可以使你自慰不虚此行。此外，成都人古董书画之癖在花会里也可以略窥一二。老君堂的里外前后的墙壁都挂满着字画，台阶上都摆满着碑帖。自然，像一般的中国人，成都人也很会制造假古董，也很喜欢买假古董。花会之盛，这也是一个原因。

花会之盛还另有一个原因，就是在一般人心中，青羊宫里所供奉的那位李老君是神通广大的道教祖。青羊者据说是李老君西升后到成都显圣所骑的牲畜。后人纪念这个圣迹，立祠奉祀。于今青羊宫正殿里还有两头青铜铸成的羊子，一牝一牡，牝左牡右。单讲这两匹羊的形样，委实是值得称赞的艺术品。到花会的人少不得都要摸一摸这两匹羊。据说有病的人摸它们一摸，病就会自然痊愈。摸的地方也有讲究，头病摸头脚病摸脚，错乱不得。古往今来病头病脚以及病非头非脚的地方者大概不少，所以于今这两匹羊周身被摸得精光。羊尚如此，老君本人可知，于是老君堂上满挂着前朝巡抚提督、现代省长督军亲书或请人代书的匾额。金光四耀，煞是妙相庄严，到此不由人不肃然起敬，何况青羊宫门槛之高打破任何纪录！祈财、祈子、祈福、祈寿、祈官，都得爬过这高门槛向老君进香。爬这高门槛的身手不同，奇态便不免百出。七八十岁的老太太须得放下拐杖，用双手伏在门槛上，然后徐徐把双脚迈过去。至于摩登小姐也有提起旗袍衩口，一大步就迈过去的。大殿上很整秩地摆着一列又一列的棕制蒲团。跪在蒲团上捧香默祷的有乡下佬，有达官富商，也有脚踏高跟皮鞋襟口挂着自来水笔的摩登小姐，如上文所云一大步就迈进门户槛的。在这里新旧两代携手言欢，各表心愿。香炉之旁，例有钱桶。花会时钱桶易满。站在香炉旁烧香的道士此时特别显得油光滑面，喜笑颜开。"临邛道士鸿都客，能以精诚致魂魄。"此风至今未泯也。

　　成都素有"小北平"之称。熟习北平的人看到花会自然联想到厂甸的庙会，它们都是交易、宗教、游玩打成一片的。单就陈列品说，厂甸较为丰富精美，但是就天时与地利说，成都花会赶春天在乡村举行，实在占不少的便宜。逛花会不尽是可以凑热闹，买玩意儿，祈财求子，还可以趁风和日暖的时候吐一吐城市的秽浊空气，有如古人的修禊，青羊宫本身固然也不很清洁，那里人山人海中的空气也不见得清新。可是花会逛过了,沿着城西郊马路回城,或是刚出城时沿着城西郊赴花会,平畴在望,清风徐来,路右边一阵又一阵的男男女女带着希望去,左边一阵又一阵的男男女女提着风车或是竹篮回来,真所谓"无边光景一时新",你纵是老年人,也会觉得年轻十岁了。人过中年,难得常有这样少年的兴致。让我赞美这成都花会啊!

贰 万物有灵且美

美本极为柔弱,却不可征服

我们对于一棵古松的三种态度

——实用的、科学的、美感的

我刚才说，一切事物都有几种看法。你说一件事物是美的或是丑的，这也只是一种看法。换一个看法，你说它是真的或是假的；再换一种看法，你说它是善的或是恶的。同是一件事物，看法有多种，所看出来的现象也就有多种。

比如园里那一棵古松，无论是你是我或是任何人一看到它，都说它是古松。但是你从正面看，我从侧面看，你以幼年人的心境去看，我以中年人的心境去看，这些情境和性格的差异都能影响到所看到的古松的面目。古松虽只是一件事物，你所看到的和我所看到的古松却是两件事。假如你和我各把所得的古松的印象画成一幅画或是写成一首诗，我们俩艺术手腕尽管不分上下，你的诗和画与我的诗和画相比较，却有许多重要的异点。这是什么缘故呢？这就由于知觉不完全是客观的，各人所见到的物的形象都带有几分主观的色彩。

假如你是一位木商，我是一位植物学家，另外一位朋友是画家，三人同时来看这棵古松。我们三人可以说同时都"知觉"到这一棵树，可是三人所"知觉"到的却是三种不同的东西。你脱离不了你的木商的心习，你所知觉到的只是一棵做某事用值几多钱的木料。我也脱离不了我的植物学家的心习，我所知觉到的只是一棵叶为针状、果为球状、四季常青的显花植物。我们的朋友——画家——什么事都不管，只管审美，他所知觉到的只是一棵苍翠劲拔的古树。我们三人的反应态度也不一致。你心里盘算它是宜于架屋或是制器，思量怎样去买它，砍它，运它。我把它归到某类某科里去，注意它和其他松树的异点，思量它何以活得这样老。我们的朋友却不这样东想西想，他只在聚精会神地观赏它的苍翠的颜色，它的盘曲如龙蛇的线纹以及它的昂然高举、不受屈挠的气概。

从此可知这棵古松并不是一件固定的东西，它的形象随观者的性格和情趣而变化。各人所见到的古松的形象都是各人自己性格和情趣的返照。古松的形象一半是天生的，一半也是人为的。极平常的知觉都带有几分创造性；极客观的东西之中都有几分主观的成分。

美也是如此。有审美的眼睛才能见到美。这棵古松对于我们的画画的朋友是美的，因为他去看它时就抱了美感的态度。你和我如果也想见到它的美，你须得把你那种木商的实用的态度丢开，我须得把植物学家的科学的态度丢开，专持美感的态度去看它。

这三种态度有什么分别呢？

先说实用的态度。做人的第一件大事就是维持生活。既要生活，就要讲究如何利用环境。"环境"包含我自己以外的一切人和物在内，这些人和物有些对于我的生活有益，有些对于我的生活有害，有些对于我不关痛痒。我对于他们于是有爱恶的情感，有趋就或逃避的意志和活动。这就是实用的态度。实用的态度起于实用的知觉，实用的知觉起于经验。小孩子初出世，第一次遇见火就伸手去抓，被它烧痛了，以后他再遇见火，便认识它是什么东西，便明了它是烧痛手指的，火对于他于是有意义。事物本来都是很混乱的，人为便利实用起见，才像被火烧过的小孩子根据经验把四周事物分类立名，说天天吃的东西叫作"饭"，天天穿的东西叫作"衣"，某种人是朋友，某种人是仇敌，于是事物才有所谓"意义"。意义大半都起于实用。在许多人看，衣除了是穿的，饭除了是吃的，女人除了是生小孩的一类意义之外，便寻不出其他意义。所谓"知觉"，就是感官接触某种人或物时心里明了他的意义。明了他的意义起初都只是明了他的实用。明了实用之后，才可以对他起反应动作，或是爱他，或是恶他，或是求他，或是拒他。木商看古松的态度便是如此。

科学的态度则不然。它纯粹是客观的，理论的。所谓客观的态度就是把自己的成见和情感完全丢开，专以"无所为而为"的精神去探求真理。理论是和实用相对的。理论本来可以见诸实用，但是科学家的直接目的却不在于实用。科学家见到一个美人，不说我要去向她求婚，她可以替我生儿子，只说我看她这人很有趣味，我要来研究她的生理构造，分析她的心理组织。科学家见到一堆粪，不说它的气味太坏，我要掩鼻走开，只说这堆粪是一个病人排泄的，我要分析它的化学成分，看看有没有病菌在里面。科学家自然也有见到美人就求婚，见到粪就掩鼻走开的时候，但是那时候他已经由科学家还到实际人的地位了。科学的态度之中很少有情感和意志，它的最重要的心理活动是抽象的思考。科学家要在这个混乱的世界中寻出事物的关系和条理，纳个物于概念，从原理演个例，分出某者为因，某者为果，某者为特征，某者为偶然性。植物学家看古松的态度便是如此。

木商由古松而想到架屋、制器、赚钱等等，植物学家由古松而想到根茎花叶、日光水分等等，他们的意识都不能停止在古松本身上面。不过把古松当作一块踏脚石，由它跳到和它有关系的种种事物上面去。所以在实用的态度中和科学的态度中，所得到的事物的意象都不是独立的、绝缘的，观者的注意力都不是专注在所观察事物本身上面的。注意力的集中，意象的孤立绝缘，便是美感的态度的最大特点。比如我们的画画的朋友看古松，他把全副精神都注在松的本身上面，古松对于他便成了一个独立自足的世界。他忘记他的妻子在家里等柴烧饭，他忘记松树在植物教科书里叫作显花植物，总而言之，古松完全占领住他的意识，古松以外的世界他都视而不见、听而不闻了。他只把古松摆在心眼面前当作一幅画去玩味。他不计较实用，所以心中没有意志和欲念；他不推求关系、条理、因果等等，所以不用抽象的思考。这种脱净了意志和抽象思考的心理活动叫作"直觉"，直觉所见到的孤立绝缘的意象叫作"形象"。美感经验就是形象的直觉，美就是事物呈现形象于直觉时的特质。

实用的态度以善为最高目的，科学的态度以真为最高目的，美感的态度以美为最高目的。在实用态度中，我们的注意力偏在事物对于人的利害,心理活动偏重意志;在科学的态度中,我们的注意力偏在事物间的互相关系,心理活动偏重抽象的思考;在美感的态度中,我们的注意力专在事物本身的形象,心理活动偏重直觉。真善美都是人所定的价值,不是事物所本有的特质。离开人的观点而言,事物都浑然无别,善恶、真伪、美丑就漫无意义。真善美都含有若干主观的成分。

就"用"字的狭义说,美是最没有用处的。科学家的目的虽只在辨别真伪,他所得的结果却可效用于人类社会。美的事物如诗文、图画、雕刻、音乐等等都是寒不可以为衣,饥不可以为食的。从实用的观点看,许多艺术家都是太不切实用的人物。然则我们又何必来讲美呢?人性本来是多方的,需要也是多方的。真善美三者俱备才可以算是完全的人。人性中本有饮食欲,渴而无所饮,饥而无所食,固然是一种缺乏;人性中本有求知欲而没有科学的活动,本有美的嗜好而没有美感的活动,也未始不是一种缺乏。真和美的需要也是人生中的一种饥渴——精神上的饥渴。疾病衰老的身体才没有口腹的饥渴。同理,你遇到一个没有精神上的饥渴的人或民族,你可以断定他的心灵已到了疾病衰老的状态。

人所以异于其他动物的就是于饮食男女之外还有更高尚的企求,美就是其中之一。是壶就可以贮茶,何必又求它形式、花样、颜色都要好看呢?吃饱了饭就可以睡觉,何必又呕心血去作诗、画画、奏乐呢?"生命"是与"活动"同义的,活动愈自由生命也就愈有意义。人的实用的活动全是有所为而为,是受环境需要限制的;人的美感的活动全是无所为而为，是环境不需要他活动而他自己愿意去活动的。在有所为而为的活动中，人是环境需要的奴隶；在无所为而为的活动中，人是自己心灵的主宰。这是单就人说，就物说呢，在实用的和科学的世界中，事物都借着和其他事物发生关系而得到意义，到了孤立绝缘时就都没有意义；但是在美感世界中它却能孤立绝缘，却能在本身现出价值。照这样看，我们可以说，美是事物的最有价值的一面，美感的经验是人生中最有价值的一面。

许多轰轰烈烈的英雄和美人都过去了，许多轰轰烈烈的成功和失败也都过去了，只有艺术作品真正是不朽的。数千年前的《采采卷耳》和《孔雀东南飞》的作者还能在我们心里点燃很强烈的火焰，虽然在当时他们不过是大皇帝脚下的不知名的小百姓。秦始皇并吞六国，统一车书，曹孟德带八十万人马下江东，舳舻千里，旌旗蔽空，这些惊心动魄的成败对于你有什么意义？对于我有什么意义？但是长城和《短歌行》对于我们还是很亲切的，还可以使我们心领神会这些骸骨不存的精神气魄。这几段墙在，这几句诗在，他们永远对于人是亲切的。由此类推，在几千年或是几万年以后看现在纷纷扰扰的"帝国主义""反帝国主义""主席""代表""电影明星"之类对于人有什么意义？我们这个时代是否也有类似长城和《短歌行》的纪念坊留给后人，让他们觉得我们也还是很亲切的吗？悠悠的过去只是一片漆黑的天空，我们所以还能认识出来这漆黑的天空者，全赖思想家和艺术家所散布的几点星光。朋友，让我们珍重这几点星光！让我们也努力散布几点星光去照耀那和过去一般漆黑的未来！

"子非鱼,安知鱼之乐?"

——宇宙的人情化

庄子与惠子游于濠梁之上。

庄子曰:"儵鱼出游从容,是鱼乐也!"

惠子曰:"子非鱼,安知鱼之乐?"

庄子曰:"子非我,安知我不知鱼之乐?"

这是《庄子·秋水》篇里的一段故事,是你平时所欢喜玩味的。我现在借这段故事来说明美感经验中的一个极有趣味的道理。

我们通常都有"以己度人"的脾气,因为有这个脾气,对于自己以外的人和物才能了解。严格地说,各个人都只能直接地了解他自己,都只能知道自己处某种境地,有某种知觉,生某种情感。至于知道旁人旁物处某种境地、有某种知觉、生某种情感时,则是凭自己的经验推测出来的。比如我知道自己在笑时心里欢喜,在哭时心里悲痛,看到旁人笑也就以为他心里欢喜,看见旁人哭也以为他心里悲痛。我知道旁人旁物的知觉和情感如何，都是拿自己的知觉和情感来比拟的。我只知道自己，我知道旁人旁物时是把旁人旁物看成自己，或是把自己推到旁人旁物的地位。庄子看到鯈鱼"出游从容"便觉得它乐，因为他自己对于"出游从容"的滋味是有经验的。人与人，人与物，都有共同之点，所以他们都有互相感通之点。假如庄子不是鱼就无从知鱼之乐，每个人就要各成孤立世界，和其他人物都隔着一层密不通风的墙壁，人与人以及人与物之间便无心灵交通的可能了。

这种"推己及物""设身处地"的心理活动不尽是有意的，出于理智的，所以它往往发生幻觉。鱼没有反省的意识，是否能够像人一样"乐"，这种问题大概在庄子时代的动物心理学也还没有解决，而庄子硬拿"乐"字来形容鱼的心境，其实不过把他自己的"乐"的心境外射到鱼的身上罢了，他的话未必有科学的谨严与精确。我们知觉外物，常把自己所得的感觉外射到物的本身上去，把它误认为物所固有的属性，于是本来在我的就变成在物的了。比如我们说"花是红的"时，是把红看作花所固有的属性，好像是以为纵使没有人去知觉它，它也还是在那里。其实花本身只有使人觉到红的可能性，至于红却是视觉的结果。红是长度为若干的光波射到眼球网膜上所生的印象。如果光波长一点或是短一点，眼球网膜的构造换一个样子，红的色觉便不会发生。患色盲的人根本就不能辨别红色，就是眼睛健全的人在薄暮光线暗淡时也不能把红色和绿色分得清楚，从此可知严格地说，我们只能说"我觉得花是红的"。我们通常都把"我觉得"三字略去而直说"花是红的"，于是在我的感觉遂被误认为在物的属性了。日常对于外物的知觉都可作如是观。"天气冷"其实只是"我觉得天气冷",鱼也许和我不一致;"石头太沉重"其实只是"我觉得它太沉重",大力士或许还嫌它太轻。

云何尝能飞?泉何尝能跃?我们却常说云飞泉跃;山何尝能鸣?谷何尝能应?我们却常说山鸣谷应。在说云飞泉跃、山鸣谷应时,我们比说花红石头重,又更进一层了。原来我们只把在我的感觉误认为在物的属性,现在我们却把无生气的东西看成有生气的东西,把它们看作我们的侪辈,觉得它们也有性格,也有情感,也能活动。这两种说话的方法虽不同,道理却是一样,都是根据自己的经验来了解外物。这种心理活动通常叫作"移情作用"。

"移情作用"是把自己的情感移到外物身上去,仿佛觉得外物也有同样的情感。这是一个极普遍的经验。自己在欢喜时,大地山河都在扬眉带笑;自己在悲伤时,风云花鸟都在叹气凝愁。惜别时蜡烛可以垂泪,兴到时青山亦觉点头。柳絮有时"轻狂",晚峰有时"清苦"。陶渊明何以爱菊呢?因为他在傲霜残枝中见出孤臣的劲节;林和靖何以爱梅呢?因为他在暗香疏影中见出隐者的高标。

从这几个实例看,我们可以看出移情作用是和美感经验有密切关系的。移情作用不一定就是美感经验,而美感经验却常含有移情作用。美感经验中的移情作用不单是由我及物的,同时也是由物及我的;它不仅把我的性格和情感移注于物,同时也把物的姿态吸收于我。所谓美感经验,其实不过是在聚精会神之中,我的情趣和物的情趣往复回流而已。

姑先说欣赏自然美。比如我在观赏一棵古松,我的心境是什么样状态呢?我的注意力完全集中在古松本身的形象上,我的意识之中除了古松的意象之外,一无所有。在这个时候,我的实用的意志和科学的思考都完全失其作用,我没有心思去分别我是我而古松是古松。古松的形象引起清风亮节的类似联想,我心中便隐约觉到清风亮节所常伴着的情感。因为我忘记古松和我是两件事,我就于无意之中把这种清风亮节的气概移置到古松上面去,仿佛古松原来就有这种性格。同时我又不知不觉地受古松的这种性格影响,自己也振作起来,模仿它那一副苍老劲拔的姿态。所以古松俨然变成一个人,人也俨然变成一棵古松。真正的美感经验都是如此,都要达到物我同一的境界,在物我同一的境界中,移情作用最容易发生,因为我们根本就不分辨所生的情感到底是属于我还是属于物的。

再说欣赏艺术美,比如说听音乐。我们常觉得某种乐调快活,某种乐调悲伤。乐调自身本来只有高低、长短、急缓、宏纤的分别,而不能有快乐和悲伤的分别。换句话说,乐调只能有物理而不能有人情。我们何以觉得这本来只有物理的东西居然有人情呢?这也是由于移情作用。这里的移情作用是如何起来的呢?音乐的命脉在节奏。节奏就是长短、高低、急缓、宏纤相继承的关系。这些关系前后不同,听者所费的心力和所用的心的活动也不一致。因此听者心中自起一种节奏和音乐的节奏相平行。听一曲高而缓的调子,心力也随之做一种高而缓的活动;听一曲低而急的调子,心力也随之做一种低而急的活动。这种高而缓或是低而急的心力活动,常蔓延浸润到全部心境,使它变成和高而缓的活动或是低而急的活动相同调，于是听者心中遂感觉一种欢欣鼓舞或是抑郁凄恻的情调。这种情调本来属于听者，在聚精会神之中，他把这种情调外射出去，于是音乐也就有快乐和悲伤的分别了。

再比如说书法。书法在中国向来自成艺术，和图画有同等的身份，近来才有人怀疑它是否可以列于艺术，这般人大概是看到西方艺术史中向来不留位置给书法，所以觉得中国人看重书法有些离奇。其实书法可列于艺术，是无可置疑的。它可以表现性格和情趣。颜鲁公的字就像颜鲁公，赵孟𫖯的字就像赵孟𫖯。所以字也可以说是抒情的，不但是抒情的，而且是可以引起移情作用的。横直钩点等等笔画原来是墨涂的痕迹，它们不是高人雅士，原来没有什么"骨力""姿态""神韵"和"气魄"。但是在名家书法中我们常觉到"骨力""姿态""神韵"和"气魄"。我们说柳公权的字"劲拔"，赵孟𫖯的字"秀媚"，这都是把墨涂的痕迹看作有生气有性格的东西，都是把字在心中所引起的意象移到字的本身上面去。

移情作用往往带有无意的模仿。我在看颜鲁公的字时，仿佛对着巍峨的高峰，不知不觉地耸肩聚眉，全身的筋肉都紧张起来，模仿它的严肃；我在看赵孟𫖯的字时，仿佛对着临风荡漾的柳条，不知不觉地展颐摆腰，全身的筋肉都松懈起来，模仿它的秀媚。从心理学看，这本来不是奇事。凡是观念都有实现于运动的倾向。念到跳舞时脚往往不自主地跳动，念到"山"字时口舌往往不由自主地说出"山"字。通常观念往往不能实现于动作者，由于同时有反对的观念阻止它。同时念到打球又念到泗水，则既不能打球，又不能泗水。如果心中只有一个观念，没有旁的观念和它对敌，则它常自动地现于运动。聚精会神看赛跑时，自己也往往不知不觉地弯起胳膊动起脚来，便是一个好例。在美感经验之中，注意力都是集中在一个意象上面，所以极容易起模仿的运动。

移情的现象可以称之为"宇宙的人情化"，因为有移情作用然后本来只有物理的东西可具人情，本来无生气的东西可有生气。从理智观点看，移情作用是一种错觉，是一种迷信。但是如果把它勾销，不但艺术无由产生，即宗教也无由出现。艺术和宗教都是把宇宙加以生气化和人情化，把人和物的距离以及人和神的距离都缩小。它们都带有若干神秘主义的色彩。所谓神秘主义其实并没有什么神秘，不过是在寻常事物之中见出不寻常的意义。这仍然是移情作用。从一草一木之中见出生气和人情以至于极玄奥的泛神主义，深浅程度虽有不同，道理却是一样。

美感经验既是人的情趣和物的姿态的往复回流，我们可以从这个前提中抽出两个结论来：

一、物的形象是人的情趣的返照。物的意蕴深浅和人的性分密切相关。深人所见于物者亦深，浅人所见于物者亦浅。比如一朵含露的花，在这个人看来只是一朵平常的花，在那个人看或以为它含泪凝愁，在另一个人看或以为它能象征人生和宇宙的妙谛。一朵花如此，一切事物也是如此。因我把自己的意蕴和情趣移于物，物才能呈现我所见到的形象。我们可以说，各人的世界都由各人的自我伸张而成。欣赏中都含有几分创造性。

二、人不但移情于物，还要吸收物的姿态于自我，还要不知不觉地模仿物的形象。所以美感经验的直接目的虽不在陶冶性情，而却有陶冶性情的功效。心里印着美的意象，常受美的意象浸润，自然也可以少存些浊念。苏东坡诗说："宁可食无肉，不可居无竹；无肉令人瘦，无竹令人俗。"竹不过是美的形象之一种，一切美的事物都有不令人俗的功效。

"记得绿罗裙,处处怜芳草"

——美感与联想

美感与快感之外,还有一个更易惹误解的纠纷问题,就是美感与联想。

什么叫作联想呢?联想就是见到甲而想到乙。甲唤起乙的联想通常不外起于两种原因:或是甲和乙在性质上相类似,例如看到春光想起少年,看到菊花想到节士;或是甲和乙在经验上曾相接近,例如看到扇子想起萤火虫,走到赤壁想起曹孟德或苏东坡。类似联想和接近联想有时混在一起,牛希济的"记得绿罗裙,处处怜芳草"两句词就是好例。词中主人何以"记得绿罗裙"呢?因为罗裙和他的欢爱者相接近;他何以"处处怜芳草"呢?因为芳草和罗裙的颜色相类似。

意识在活动就是联想在进行,所以我们差不多时时刻刻都在起联想。听到声音知道说话的是谁,见到一个词知道它的意义,都是起于联想作用。联想是以旧经验诠释新经验,如果没有它,知觉、记忆和想象都不能发生,因为它们都得根据过去的经验。从此可知联想为用之广。

联想有时可用意志控制,作文构思时或追忆一时记不起的过去经验时,都是勉强把联想挤到一条路上去走。但是在大多数情境之中,联想是自由的,无意的,飘忽不定的。听课读书时本想专心,而打球、散步、吃饭、邻家的猫儿种种意象总是不由你自主地闯进脑里来,失眠时越怕胡思乱想,越禁止不住胡思乱想。这种自由联想好比水流湿,火就燥,稍有勾搭,即被牵绊,未登九天,已入黄泉。比如我现在从"火"字出发,就想到红、石榴、家里的天井、浮山、雷鲤的诗、鲤鱼、孔夫子的儿子等等,这个联想线索前后相承,虽有关系可寻,但是这些关系都是偶然的。我的"火"字的联想线索如此,换一个人或是我自己在另一时境,"火"字的联想线索却另是一样。从此可知联想的散漫飘忽。

联想的性质如此。多数人觉得一件事物美时,都是因为它能唤起甜美的联想。

在"记得绿罗裙,处处怜芳草"的人看,芳草是很美的。颜色心理学中有许多同类的事实。许多人对于颜色都有所偏好,有人偏好红色,有人偏好青色,有人偏好白色。据一派心理学家说,这都是由于联想作用。例如红是火的颜色,所以看到红色可以使人觉得温暖;青是田园草木的颜色,所以看到青色可以使人想到乡村生活的安闲。许多小孩子和乡下人看画,都只是欢喜它的花红柳绿的颜色。有些人看画,欢喜它里面的故事,乡下人欢喜把孟姜女、薛仁贵、桃园三结义的图糊在壁上做装饰,并不是因为那些木板雕刻的图好看,是因为它们可以提起许多有趣故事的联想。这种脾气并不只是乡下人才有。我每次陪朋友们到画馆里去看画,见到他们所特别注意的第一是几张有声名的画,第二是有历史性的作品如耶稣临刑图、拿破仑结婚图之类,像伦勃朗所画的老太公、老太婆,和后期印象派的山水风景之类的作品,他们却不屑一顾。此外又有些人看画(和看一切其他艺术作品一样),偏重它所含的道德教训。道学先生看到裸体雕像或画像,都不免起若干嫌恶。记得詹姆士在他的某一部书里说过有一次见过一位老修道妇,站在一幅耶稣临刑图面前合掌仰视,悠然神往。旁边人问她那幅画何如,她回答说:"美极了,你看上帝是多么仁慈,让自己的儿子去牺牲,来赎人类的罪孽!"

在音乐方面,联想的势力更大。多数人在听音乐时,除了联想到许多美丽的意象之外,便别无所得。他们欢喜这个调子,因为它使他们想起清风明月;不欢喜那个调子,因为它唤醒他们以往的悲痛的记忆。钟子期何以负知音的雅名?因他听伯牙弹琴时,惊叹说:"善哉!峨峨兮若泰山,洋洋兮若江河。"李颀在胡笳声中听到什么?他听到的是"空山百鸟散还合,万里浮云阴且晴"。白乐天在琵琶声中听到什么?他听到的是"银瓶乍破水浆迸,铁骑突出刀枪鸣"。苏东坡怎样形容洞箫?他说:"其声呜呜然,如怨如慕,如泣如诉。余音袅袅,不绝如缕。舞幽壑之潜蛟,泣孤舟之嫠妇。"这些数不尽的例子都可以证明多数人欣赏音乐,都是欣赏它所唤起的联想。

联想所伴的快感是不是美感呢?

历来学者对于这个问题可分两派,一派的答案是肯定的,一派的答案是否定的。这个争辩就是在文艺思潮史中闹得很凶的形式和内容的争辩。依内容派说，文艺是表现情思的，所以文艺的价值要看它的情思内容如何而决定。第一流文艺作品都必有高深的思想和真挚的情感。这句话本来是不可辩驳的。但是侧重内容的人往往从这个基本原理抽出两个其他的结论，第一个结论是题材的重要。所谓题材就是情节。他们以为有些情节能唤起美丽堂皇的联想，有些情节只能唤起丑陋凡庸的联想。比如作史诗和悲剧，只应采取英雄为主角，不应采取愚夫愚妇。第二个结论就是文艺应含有道德的教训。读者所生的联想既随作品内容为转移，则作者应设法把读者引到正经路上去，不要用淫秽卑鄙的情节摇动他的邪思。这些学说发源较早，它们的影响到现在还是很大。从前人所谓"思无邪""言之有物""文以载道"，现在人所谓"哲理诗""宗教艺术""革命文学"等等，都是侧重文艺的内容和文艺的无关美感的功效。

这种主张在近代颇受形式派的攻击，形式派的标语是"为艺术而艺术"。他们说，两个画家同用一个模特儿，所成的画价值有高低；两个文学家同用一个故事，所成的诗文意蕴有深浅。许多大学问家、大道德家都没有成为艺术家，许多艺术家并不是大学问家、大道德家。从此可知艺术之所以为艺术，不在内容而在形式。如果你不是艺术家，纵有极好的内容，也不能产生好作品出来；反之，如果你是艺术家，极平庸的东西经过灵心妙运点铁成金之后，也可以成为极好的作品。印象派大师如莫奈、凡·高诸人不是往往在一张椅子或是几间破屋之中表现一个情深意永的世界出来吗？这一派学说到近代才逐渐占势力。在文学方面的浪漫主义，在图画方面的印象主义，尤其是后期印象主义，在音乐方面的形式主义，都是看轻内容的。单拿图画来说，一般人看画，都先问里面画的是什么，是怎样的人物或是怎样的故事。这些东西在术语上叫作"表意的成分"。近代有许多画家就根本反对画中有任何"表意的成分"。看到一幅画，他们只注意它的颜色、线纹和阴影，不问它里面有什么意义或是什么故事。假如你看到这派的作品，你起初只望见许多颜色凑合在一起，须费过一番审视和猜度，才知道所画的是房子或是崖石。这一派人是最反对杂联想于美感的。

这两派的学说都持之有故，言之成理，我们究竟何去何从呢？我们否认艺术的内容和形式可以分开来讲（这个道理以后还要谈到），不过关于美感与联想这个问题，我们赞成形式派的主张。

就广义说，联想是知觉和想象的基础，艺术不能离开知觉和想象，就不能离开联想。但是我们通常所谓联想，是指由甲而乙，由乙而丙，辗转不止的乱想。就这个普通的意义说，联想是妨碍美感的。美感起于直觉，不带思考，联想却不免带有思考。在美感经验中我们聚精会神于一个孤立绝缘的意象上面，联想则最易使精神涣散，注意力不专一，使心思由美感的意象旁迁到许多无关美感的事物上面去。在审美时我看到芳草就一心一意地领略芳草的情趣；在联想时我看到芳草就想到罗裙，又想到穿罗裙的美人，既想到穿罗裙的美人，心思就已不复在芳草了。

联想大半是偶然的。比如说，一幅画的内容是"西湖秋月"，如果观者不聚精会神于画的本身而信任联想，则甲可以联想到雷峰塔，乙可以联想到往日同游西湖的美人,这些联想纵然有时能提高观者对于这幅画的好感,画本身的美却未必因此而增加,而画所引起的美感则反因精神涣散而减少。

  知道这番道理,我们就可以知道许多通常被认为美感的经验其实并非美感了。假如你是武昌人,你也许特别欢喜崔颢的《黄鹤楼》诗;假如你是陶渊明的后裔,你也许特别欢喜《陶渊明集》;假如你是道德家,你也许特别欢喜《打鼓骂曹》的戏或是韩退之的《原道》;假如你是古董贩,你也许特别欢喜河南新出土的龟甲文或是敦煌石窟里面的壁画;假如你知道达·芬奇的声名大,你也许特别欢喜他的《蒙娜丽莎》。这都是自然的倾向,但是这都不是美感,都是持实际人的态度,在艺术本身以外求它的价值。

两种美

自然界事事物物都是理式的象征，都是共相的殊相，像柏拉图所比拟的，都是背后堤上的行人射在面前墙壁上的幻影。科学家、哲学家和美术家都想揭开自然之秘，在殊相中见出共相。但是他们的出发点不同，目的不同，因而在同一殊相中所见得的共相也不一致。

如走进一个园子里，你抬头看见一只老鹰坐在苍劲的古松上向你瞪着雄赳赳的眼，回头又看见池边旖旎的柳枝上有一只娇滴滴的黄莺在那儿临风弄舌，这些不同的物件在你胸中所引起的情感是什么样的呢？依科学家看，松和柳同具"树"的共相，鹰和莺同具"鸟"的共相，然而在情感方面，老鹰却和古松同调，娇莺却和嫩柳同调；借用名学的术语在美术上来说，鹰和松同具一个美的共相，莺和柳又同具一个美的共相，它们所象征的全然不同。倘若莺飞上松顶，鹰栖在柳枝，你登时就会发生不调和的感觉，虽然为变化出奇起见，这种不伦不类的配合有时也为美术家所许可的。

自然界有两种美：老鹰古松是一种，娇莺嫩柳又是一种。倘若你细心体会，凡是配用"美"字形容的事物，不属于老鹰古松的一类，就属于娇莺嫩柳的一类，否则就是两类的混合。从前人有两句六言诗说："骏马秋风冀北，杏花春雨江南。"这两句诗每句都只提起三个殊相，然而可象征一切美。你遇到任何美的事物，都可以拿它们做标准来分类。比如说峻崖、悬瀑、狂风、暴雨，沉寂的夜或是无垠的沙漠，垓下哀歌的项羽或是床头捉刀的曹操，你可以说这是"骏马秋风冀北"的美；比如说清风、皓月、暗香、疏影，青螺似的山光，媚眼似的湖水，葬花的林黛玉或是"侧帽饮水"的纳兰，你可以说这是"杏花春雨江南"的美。因为这两句诗每句都象征一种美的共相。

这两种美的共相是什么呢？定义正名向来是难事，但是形容词是容易找的。我说"骏马秋风冀北"时，你会想到"雄浑""劲健"，我说"杏花春雨江南"时，你会想到"秀丽""纤秾"；前者是"气概"，后者是"神韵"；前者是刚性美；后者是柔性美。

刚性美是动的，柔性美是静的。动如醉，静如梦。尼采在《悲剧之起源》里说艺术有两种，一种是醉的产品，音乐和跳舞是最显著的例；一种是梦的产品，一切造型的艺术如诗如雕刻都属这一类。他拿日神阿波罗和酒神狄俄尼索斯来象征这两种艺术。你看阿波罗的光辉那样热烈吗？其实他的面孔比瞌睡汉还更恬静，世界一切色相得他的光才呈现，所以都是他在那儿梦出来的。诗人和雕刻家的任务也和阿波罗一样，全是在造色相，换句话说，全是在做梦。狄俄尼索斯就完全相反。他要图刹那间的尽量的欢乐。在青葱茂密的葡萄丛里，看蝶在翩翩地飞，蜂在嗡嗡地响，他不由自主地把自己投在生命的狂澜里，放着嗓子狂歌，提着足尖乱舞。他固然没有造出阿波罗所造的那些恬静幽美的幻梦，那些光怪陆离的色相，可是他的歌和天地间生气相出息，他的舞和大自然有脉搏共起落，也是发泄，也是表现，总而言之，也是人生不可少的一种艺术。在尼采看，这两种相反的美熔于一炉，才产出希腊的悲剧。

尼采谓狄俄尼索斯的艺术是刚性的，阿波罗的艺术是柔性的，其实在同一种艺术之中也有刚柔之别。比如说音乐，贝多芬的第三合奏曲和《热情曲》固然像狂风暴雨，极沉雄悲壮之至，而《月光曲》和第六合奏曲则温柔委婉，如悲如诉，与其谓为"醉"，不如谓为"梦"了。

艺术是自然和人生的返照，创作家往往因性格的偏向，而作品也因而畸刚或畸柔。米开朗琪罗在性格上和艺术上都是刚性美的极端的代表。你看他的《摩西》！火焰有比他的目光更烈的吗？钢铁有比他的须髯更硬的吗？你看他的《大卫》！他那副脑里怕藏着比亚历山大的更惊心动魄的雄图吧？他那只庞大的右臂迟一会儿怕要拔起喜马拉雅山去撞碎哪一个星球吧？亚当是上帝首创的人，可是要结识世界第一个理想的伟男子，你须得到罗马西斯廷教寺的顶壁上去物色，这一幅大气磅礴的创世纪记,没有一个面孔不露着超人的意志,没有一条筋肉不鼓出海格立斯的气力。对这些原始时代的巨人,我们这些退化的侏儒只得自惭形秽,吐舌惊赞。可是凡是娘养的儿子也都不免感到一件缺憾——你看除"德尔斐仙"(Delphic Shbyl)以外,简直没有一个人像女子!你说那位是夏娃吗?那位是马妥娜吗?假如世界女子们都像那样犷悍,除着独身终身的米开朗琪罗以外的男子们还得把头擎低些啊!

莱奥纳多·达·芬奇恰好替米开朗琪罗做一个反衬。假如"亚当"是男性美的象征,女性美的象征从"密罗斯爱神"以后,就不得不推《蒙娜丽莎》了。那庄重中寓着妩媚的眼,那轻盈而神秘的笑,那丰润而灵活的手,艺术家们已摸索了不知几许年代,到达·芬奇才算寻出,这是多么大的一个成功!米开朗琪罗画"夏娃"和"圣母",像他画"亚当"一样,都是用他雕"大卫"和"摩西"的那一副手腕,始终脱不去那种峥嵘巍峨的气象。达·芬奇的天才是比较的多方面的,他的世界中固然也有些魁梧奇伟的男子,可是他的特长确为佩特所说的,全在"能勾魂"(Fascinating),而他所以"能勾魂",则全在能摄取女性中最令人留恋的特质表现在幕布上。藏在日内瓦的那幅《圣约翰授洗者》活像女子化身固不用说,连藏在卢佛尔宫的那幅《酒神》也只是一位带醉的《蒙娜丽莎》。再看《最后的晚餐》中的耶稣!他披着发,低着眉,在慈祥的面孔中现出悲哀和恻隐,而同时又毫没有失望的神采,除着抚慰病儿的慈母以外,你在哪里能寻出他的"模特儿"呢?

中国古代哲人观察宇宙似乎都全从美术家的观点出发，所以他们在万殊中所见得的共相为"阴"与"阳"。《易经》和后来讳学家把万事万物都归原到两仪四象，其所用标准，就是我们把老鹰配古松、娇莺配嫩柳所用的标准，这种观念在一般人脑里印得很深，所以历来艺术家对于刚柔两种美分得很严。在诗方面有李、杜与王、韦之别，在词方面有苏、辛与温、李之别，在画方面有石涛、八大与六如、十洲之别，书法方面有颜、柳与褚、赵之别。这种分别常与地域有关系，大约北人偏刚，南人偏柔，所以艺术上的南北派已成为柔性派与刚性派的别名。清朝阳湖派和桐城派对于文章的争执也就在对于刚柔的嗜好不同。姚姬传《复鲁絜非书》是讨论刚柔两种美的文字中最好的一篇，他说：

> 自诸子而降，其为文无有弗偏者。其得于阳与刚之美者，则其文如霆如电，如长风之出谷，如崇山峻崖，如决大川，如奔骐骥。其光也，如果日，如火，如金镠铁；其于人也，如凭高视远，如君而朝万众，如鼓万勇士而战之。其得于阴与柔之美者，则其文如升初日，如清风，如云，如霞，如烟，如幽林曲涧，如沦，如漾，如珠玉之辉，如鸿鹄之鸣而入寥廓。其于人也，漻乎其如叹，邈乎其如有思，暖乎其如喜，愀乎其如悲。观其文，讽其音，则为文者之性情形状，举以殊焉。

纵观全局，中国的艺术是偏于柔性美的。中国诗人的理想境界大半是清风皓月疏林幽谷之类。环境越静越好，生活也越闲越好。他们很少肯跳出那"方宅十余亩，草屋八九间"的宇宙，而凭视八荒，遥听诸星奏乐者。他们以"乐安天命"为极大智慧，随贝雅特里奇上窥华严世界，已嫌多事，至于为着毕尝人生欢娱，穷探地狱秘奥，不惜同魔定卖魂约，更忒不安分守己了。因此，他们的诗也大半是微风般的荡漾，轻燕般的呢喃。过激烈的颜色，过激烈的声音，和过激烈的情感都是使它们畏避的。他们描写月的时候百倍于描写日；纵使描写日，也只能烘染朝曦九照，遇着盛夏正午烈火似的太阳，可就要逃到北窗下高卧，做他的羲皇上人了。司空图《二十四诗品》中只有"雄浑""劲健""豪放""悲慨"四品算是刚性美，其余二十品都偏于阴柔，我读《旧约·约伯记》、莎士比亚的《哈姆雷特》、弥尔顿的《失乐园》诸作，才懂得西方批评学者所谓"宇宙的情感"（Cosmic Emotion）。回头在中国文学中寻实例，除着《逍遥游》《齐物论》《论语·子在川上》章，陈子昂《幽州台怀古》、李白《日出东方隈》诸作以外，简直想不出其他具有"宇宙的情感"的文字。西方批评学者向以 Sublime 为最上品的刚性美，而这个字不特很难应用来说中国诗，连一个恰当的译词也不易得。"雄浑""劲健""庄严"诸词都只能得其片面的意义。中国艺术缺乏刚性美在音乐方面尤易见出，比如弹七弦琴，尽管你意在高山，意在流水，它都是一样单调。

　　抽象立论时，常容易把分别说得过于清楚。刚柔虽是两种相反的美，有时也可以混合调和，在实际上，老鹰有栖柳枝的时候，娇莺有栖古松的时候，也犹如男子中之有杨六郎，女子中之有麦克白夫人，西子湖滨之有两高峰，西伯利亚荒原之有明媚的贝加尔。说李太白专以雄奇擅长吗？他的《闺怨》《长相思》《清平调》诸作之艳丽委婉，亦何减于《金筌》《浣花》？说陶渊明专从朴茂清幽入胜吗？"纵浪大化中，不喜亦不惧"，又是何等气概？西方古典主义的理想向重和谐匀称，庄严中寓纤丽，才称上乘，到浪漫派才肯畸刚畸柔，中国向来论文的人也赞扬"柔亦不茹，刚亦不吐"，所以姚姬传说，"唯圣人之言统二气之会而弗偏"。比如书法，汉魏六朝人的最上作品如《夏承碑》《瘗鹤铭》《石门铭》诸碑，都能于气势中寓姿韵，亦雄浑，亦秀逸，后来偏刚者为柳公权之脱皮露骨，偏柔者如赵孟頫之弄态作媚，已渐流入下乘了。

     1981年，6月，写于巴黎近郊玫瑰村

叁　温和地坐在黑暗里

你的心界愈空灵，愈不觉物界喧嚣

诗人的孤寂

心灵有时可互相渗透，也有时不可互相渗透。在可互相渗透时，彼此不劳唇舌，就可以默然相喻；在不可渗透时，隔着一层肉就如隔着一层壁，夫子以为至理，而我却以为孟浪。惠子问庄子："子非鱼，安知鱼之乐？"庄子反问惠子："子非我，安知我不知鱼之乐？"谈到彻底了解时，人们都是隔着星宿住的，长电波和短电波都不能替他们传达消息。

比如眼前这一朵花，你所见的和我所见的完全相同吗？你所嗅的和我所嗅的完全相同吗？你所联想的和我所联想的又完全相同吗？"天下之耳相似焉，师旷先得我心之所同然者。"这是一句粗浅语。你觉得香的我固然也觉得香，你觉得和谐的我固然也觉得和谐；但是香的、和谐的，都有许多浓浓深浅的程度差别。毫厘之差往往谬以千里。法国诗人魏尔兰（Verlaine）所着重的 nuance，就是这浓浓深浅上的毫厘差别。一般人较量分寸而不暇剖析毫厘，以为毫厘的差别无关宏旨，但是古代寓言不曾明白地告诉我们，压死骆驼的重量就是最后的一茎干草吗？

凡是情绪和思致，愈粗浅，愈平凡，就愈容易渗透；愈微妙，愈不寻常，就愈不容易渗透。一般人所谓"知解"都限于粗浅的皮相，把香的同认作香，臭的同认作臭，而浓淡深浅上的毫厘差别是无法可以从这个心灵渗透到那个心灵里去的。在粗浅的境界我们都是兄弟，在微妙的境界我们都是秦越。曲愈高，和愈寡，这是心灵沟通的公例。

诗人所以异于常人者在感觉锐敏。常人的心灵好比顽石，受强烈震撼才生颤动；诗人的心灵好比蛛丝，微嘘轻息就可以引起全体的波动。常人所忽视的毫厘差别对于诗人却是奇思幻想的根源。一点沫水便是大自然的返影，一阵螺壳的啸声便是大海潮汐的回响。在眼球一流转或是肌肤一蠕动中，诗人能窥透幸福者和不幸运者的心曲。他与全人类和大自然的脉搏一齐起伏震颤，然而他终于是人间最孤寂者。

诗人有意要"孤芳自赏"吗？他看见常人不经见的景致不曾把它描绘出来吗？他感到常人不经见的情调不曾把它抒写出来吗？他心中本有若饥若渴的热望，要天下人都能同他在一块儿赞叹感泣，但是谁能够跟他上千九天下穷深渊呢？在心灵探险的途程上，诗人于是不得不独行踽踽了。

一般人在心目中，这位独行踽踽者是什么样的一个人呢？诗人布朗宁（Browing）在《当代人的观感》一首诗里写过一幅很有趣的画像。误解、猜疑、谣喙是相因而至的。你看那位穿着黑色大衣的天天牵着一条老狗在不是散步的时候在街上踱来踱去，他真是一个怪人！——诗人的当代人这样想。他一会儿拿手杖敲街砖，一会儿又探头看鞋匠补鞋。你以为他的眼睛不在看你罢，你打了马，骂了老婆，他都原原本本地知道了。他大概是一个暗探。据说他每天写一封长信给皇上。

甲被捕，乙失踪，恐怕都是他弄的把戏。皇上每月究竟给他多少薪俸呢？有一件事我是知道很清楚的。他住在桥边第三家，每晚他的屋里满张华烛，他把脚放在狗背上坐着，二十个裸体的姑娘服侍他进膳。但是这位怪人所住的实在是一间顶楼角屋，死的时候活像一条熏鱼！一般人对于诗人的了解如此。

一般人不也把读诗看作一种时髦的消遣吗？伦敦、纽约的街头不也摆满着皮面金装的诗集，让老太婆和摩登小姐买作节礼吗？是的，群众本来是道地的势利鬼，就是诗人，到了大家都叫好之后，还怕没有人拿称羡暴发户的心理去称羡他！群众所叫好的都是前一代的诗人，或是模仿前一代诗人的诗人。他们的音调都已在耳鼓里震得烂熟，听得惯所以觉得好。如果有人换一个音调，他就不免"对牛弹琴"了。"诗人"这个名字在希腊文中的意义是"创作者"。凡真正诗人都必定避开已经踏烂的路去另开新境，他不仅要特创一种新风格来表现一种新情趣，还要在群众中创出一种新趣味来欣赏他的作品。但是这事谈何容易？英国的华兹华斯和济慈，法国的波德莱尔和马拉梅，费了几许力量，才在诗坛上辟出一种新趣味来？"千秋万岁名"往往是"寂寞身后事"。诗人能在这不可知的后世寻得安慰吗？汤姆生在《论雪莱》一文里骂得好："后世人！后世人跑到罗马去溅大泪珠，去在济慈的墓石上刻好听的诔词，但是海深的眼泪也不能把枯骨润回生！"

阿里斯托芬在柏拉图的《会饮篇》里说，人原来是一体，上帝要惩罚他的罪过，把他截成两半，才有男有女。所谓"爱情"就是这已经割开的两半要求会合还原为一体。真正的恋爱应该是两个心灵的忻合无间，因此，许多诗人在山穷水尽时都想在恋爱中掘出一种生命的源泉。像莎士比亚所歌唱的：

> 这里没有仇雠，
> 不过天寒冷一点，风暴烈一点。

　　但是从历史看，诗人中很少有成功的恋爱者。布朗宁最幸运，能够把世人看不见的那半边月亮留给他的爱人看。此外呢？玛丽·雪莱也算是一个近于理想的人物了。哪一个妻子曾经像她那样了解而且尊敬一个空想者的幻梦？但是雪莱在那不勒斯所作的感伤诗，却有藏着不让她看见的必要，他沉水之后，玛丽替他编辑诗集，发现了那首感伤诗，在附注中一方面自咎，一方面把她丈夫的悲伤推原到他的疾病。读雪莱的原诗和他夫人的附注，谁不觉得这美满姻缘中的伤心语比蔡女的胡笳、罗兰的清角，还更令人生人世无可如何之叹呢？然而这是雪莱的错处吗？玛丽的错处吗？错处都不在他们，所以这部悲剧更沉痛。人的心灵本来都有不可渗透的一部分，这在恋爱者中间也不能免。

　　彼德莱尔有一首散文诗，叫作《穷人的眼睛》，以日常情节传妙想，很值得我们援引。我们的诗人陪着他的佳侣坐在一间新开张的咖啡店里。一个穷人带着两个小孩子路过，看见咖啡店的陈设漂亮，六只大眼睛都向里面呆望着。

　　那位父亲的眼睛仿佛说："真漂亮！天下的黄金怕都关在

这所房子里了。"大孩子的眼睛仿佛说:"真漂亮!真漂亮!但是进去的人们都不是我们这种人。"小孩子望得太出神了,眼睛只表现一种呆拙而深沉的欣美。

诗人们说过,娱乐能使人心慈祥。那一天晚上,这句话对于我算是说中了。我不仅被这六只眼睛引起怜悯,而且看见奢侈的杯和瓶,不免有些惭愧。我把眼睛转过来注视你的眼睛,亲爱的,预备在你的眼睛里印证同感,我注视你那双美丽而温柔的眼,注视你那双蔚蓝而活跃的、像月神所依附的眼,而你却向我说:"这般睁着车门似的大眼向我们呆望的人们真怪讨嫌!你不能请店主人把他们赶远些吗?"

亲爱的天使,互相了解真不是易事,连恋爱者中间,心灵也是这样不可互相渗透!

连恋爱者中间,心灵也是这样不可互相渗透,追问其他!梅特林克说有人告诉过他,"我和我的妹妹在一块住了二十年之久,到我的母亲临死的那一顷刻,我才第一次看见了她"。这实在是一句妙语。我们身旁都围着许多"相识"的人,其实我们何尝"看见"他们,他们又何尝"看见"我们呢?

西班牙一位诗人说得好:"人在投胎之前就被注定了罪的。"个个人面上都蒙着一层网,连他自己也往往无法揭开。人是以寂寞为苦的动物,而人的寂寞却最不容易打破。隔着一层肉,如隔一层壁,人是生来就注定了要关在这种天然的囚牢里面的啊!

谈在卢佛尔宫所得的一个感想

朋友：

去夏访巴黎卢佛尔宫，得摩挲《蒙娜丽莎》肖像的原迹，这是我生平一件最快意的事。凡是第一流美术作品都能使人在微尘中见出大千，在刹那中见出终古。莱奥纳多·达·芬奇（Leonardo de Vinci）的这幅半身美人肖像纵横都不过十几寸，可是她的意蕴多么深广！佩特（Walter Pater）在《文艺复兴论》里说希腊、罗马和中世纪的特殊精神都在这一幅画里表现无遗。我虽然不知道佩特所谓希腊的生气、罗马的淫欲和中世纪的神秘是什么一回事，可是从那轻盈笑靥里我仿佛窥透人世的欢爱和人世的罪孽。虽则见欢爱而无留恋，虽则见罪孽而无畏惧。一切希冀和畏避的念头在霎时间都涣然冰释，只游心于和谐静穆的意境。这种境界我在贝多芬乐曲里，在《米洛斯爱神》雕像里，在《浮士德》诗剧里，也常隐约领略过，可是都不如《蒙娜丽莎》所表现的深刻明显。

我穆然深思，我悠然遐想，我想象到中世纪人们的热情，想象到达·芬奇作此画时费四个寒暑的精心结构，想象到丽莎夫人临画时听到四周的缓歌慢舞,如何发出那神秘的微笑。

正想得发呆时,这中世纪的甜梦忽然被现世纪的足音惊醒,一个法国向导领着一群四五十个男的女的美国人蜂拥而来了。向导操很拙劣的英语指着说:"这就是著名的《蒙娜丽莎》。"那班肥颈项胖乳房的人们照例露出几种惊奇的面孔,说出几个处处用得着的赞美的形容词,不到三分钟又蜂拥而去了。一年四季,人们尽管川流不息地这样蜂拥而来蜂拥而去,丽莎夫人却时时刻刻在那儿露出你不知道是怀善意还是怀恶意的微笑。

从观赏《蒙娜丽莎》的群众回想到《蒙娜丽莎》的作者,我登时发生一种不调和的感触,从中世纪到现世纪,这中间有多么深多么广的一条鸿沟!中世纪的旅行家一天走上二百里已算飞快,现在坐飞艇不用几十分钟就可走几百里了。中世纪的著作家要发行书籍须得请僧侣或抄胥用手抄写,一个人朝于斯夕于斯的,一年还不定能抄完一部书,现在大书坊每日可出书万卷,任何人都可以出文集诗集了。中世纪许多书籍是新奇的,连在近代,以培根、笛卡儿那样渊博,都没有机会窥亚里士多德的全豹,近如包慎伯到三四十岁时才有一次机会借阅《十三经注疏》。现在图书馆林立,贩夫走卒也能博通上下古今了。中世纪画《蒙娜丽莎》的人须自己制画具自己配颜料,作一幅画往往须三年五载才可成功,现在美术家每日可以成几幅乃至于十几幅"创作"了。中世纪人想看《蒙娜丽莎》须和作者或他的弟子有交谊,真能欣赏他,才能侥幸一饱眼福,现在卢佛尔宫好比十字街,任人来任人去了。

这是多么深多么广的一条鸿沟!据历史家说,我们已跨过了这鸿沟，所以我们现代文化比中世纪进步得多了。话虽如此说，而我对着《蒙娜丽莎》和观赏《蒙娜丽莎》的群众，终不免有所怀疑，有所惊惋。

在这个现世纪忙碌的生活中，哪里还能找出三年不窥园、十年成一赋的人？哪里还能找出深通哲学的磨镜匠，或者行乞读书的苦学生？现代科学和道德信条都比从前进步了，哪里还能迷信宗教崇尚侠义？我们固然没有从前人的呆气，可是我们也没有从前人的苦心与热情了。别的不说，就是看《蒙娜丽莎》也只像看破烂朝报了。

科学愈进步，人类征服环境的能力也愈大。征服环境的能力愈大，的确是人生一大幸福。但是它同时也易生流弊。困难日益少，而人类也愈把事情看得太容易，做一件事不免愈轻浮粗率，而坚苦卓绝的成就也便日益稀罕。比方从纽约到巴黎还像从前乘帆船时要经许多时日，冒许多危险，美国人穿过卢佛尔宫绝不会像他们穿过巴黎香榭丽舍街一样匆促。我很坚决地相信，如果美国人所谓"效率"（efficiency）以外，还有其他标准可估定人生价值，现代文化至少含有若干危机的。

"效率"以外究竟还有其他估定人生价值的标准吗？要回答这个问题，我们最好拿法国理姆（Reims）、亚眠（Amiens）各处几个中世纪的大教寺和纽约一座世界最高的钢铁房屋相比较。或者拿一幅湘绣和杭州织锦相比较，便易明白。如只论"效率"，杭州织锦和美国钢铁房屋都是一样机械的作品，较之湘绣和理姆大教寺，费力少而效率差不多，总算没有可指摘之点。但是刺湘绣的闺女和建筑中世纪大教寺的工程师在工作时，刺一针线或叠一块砖，都要费若干心血，都有若干热情在后面驱遣，他们的心眼都钉在他们的作品上，这是近代只讲"效率"的工匠们所诧为呆拙的。织锦和钢铁房屋用意只在适用，而湘绣和中世纪建筑于适用以外还要能慰情，还要能为作者力量气魄的结晶，还要能表现理想与希望。假如这几点在人生和文化上自有意义与价值，"效率"绝不是唯一的估定价值的标准，尤其不是最高品的估定价值的标准。最高品估定价值的标准一定要着重人的成分（human element），遇见一种工作不仅估量它的成功如何，还有问它是否由努力得来的，是否为高尚理想与伟大人格之表现。如果它是经过努力而能表现理想与人格的工作，虽然结果失败了，我们也得承认它是有价值的。这个道理布朗宁（Browning）在 *Rabbi Ben Ezva* 那篇诗里说得最精透，我不会翻译，只择几段出来让你自己去玩味：

  Not on the vulgar mass

  Called "work", must Sentence pass,

  Things done, that took the eye and had the price;

  O'er which, from level stand,

  The low world laid its hand,

  Found straight way to its mind, could value in trice:

  But all, the world's coarse thumb

  And finger failed to plumb,

  So passed in making up the main account;

  All instincts immature,

All purposes unsure,

That weighed not as his work,yet swelled the man's amount:

Thoughts hardly to be packed

Into a narrow act,

Fancies that broke through thoughts and escaped:

All I could never be,

All, men ignored in me,

This I was worth to God,whose wheel the pitcher shaped.

这几段诗在我生平所给的益处最大。我记得这几句话，所以能惊赞热烈的失败，能欣赏一般人所嗤笑的呆气和空想，能景仰不计成败的艰苦卓绝的努力。

假如我的十二封信对于现代青年能发生毫末的影响，我尤其虔心默祝这封信所宣传的超"效率"的估定价值的标准能印入个个读者的心孔里去；因为我所知道的学生们、学者们和革命家们都太贪容易，太浮浅粗疏，太不能深入，太不能耐苦，太类似美国旅行家看《蒙娜丽莎》了。

你的朋友 孟实

谈十字街头

朋友：

岁暮天寒，得暇便围炉嘘烟遐想。今日偶然想到日本厨川白村的《出了象牙之塔》和《走向十字街头》两部书，觉得命名大可玩味。玩味之余，不觉发生一种反感。

所谓"走向十字街头"有两种解释。从前学士大夫好以清高名贵相尚，所以力求与世绝缘，冥心孤往。但是闭户读书的成就总难免空疏虚伪。近代哲学与文艺都逐渐趋向写实，于是大家都极力提倡与现实生活接触。世传苏格拉底把哲学从天上搬到地下，这是"走向十字街头"的一种意义。

学术思想是天下公物，须得流布人间，以求雅俗共赏。威廉·莫里斯和托尔斯泰所主张的艺术民众化，叔琴先生在《一般》诞生号中所主张的特殊的一般化，爱迪生所谓把哲学从课室图书馆搬到茶寮客座，这是"走向十字街头"的另一意义。

这两种意义都含有极大的真理。可是在这"德谟克拉西"呼声极高的时代，大家总不免忘记关于十字街头的另一面真理。

十字街头的空气中究竟含有许多腐败剂，学术思想出了象牙之塔到了十字街头以后，一般化的结果常不免流为俗化（vulgarized）。昨日的殉道者，今日或成为市场偶像，而真纯面目便不免因之污损了。到了市场而不成为偶像，成偶像而不至于破落，都是很难的事。老庄经过流俗化以后，其结果乃为白云观以静坐骗铜子的道士。易学经过流俗化以后，其结果乃为街头摆摊卖卜的江湖客。佛学经过流俗化以后，其结果乃为祈财求子的三姑六婆和秃头肥脑的蠢和尚。这都是世人所共见周知的。不必远说，且看西方科学、哲学和文学落到时下一般打学者冒牌的人手里，弄得成何体统！

寂居文艺之官，固然会像不流通的清水，终久要变成污浊恶臭的。可是十字街头的叫嚣，十字街头的尘粪，十字街头的挤眉弄眼，都处处引诱你汩没自我。臣门如市，臣心就绝不能如水。名利、声势、虚伪、刻薄、肤浅、欺侮等等字样，听起来多么刺耳朵，实际上谁能摆脱得净尽？所以站在十字街头的人们——尤其是你我青年——要时时戒备十字街头的危险，要时时回首瞻顾象牙之塔。

十字街头上握有最大权威的是习俗。习俗有两种，一为传说（tradition），一为时尚（fashion）。儒家的礼教，五芝斋的馄饨，是传说；新文化运动，四马路的新装，是时尚。传说尊旧，时尚趋新，新旧虽不同，而盲从附和，不假思索，则根本无二致。社会是专制的，是压迫的，是不容自我伸张的。比方九十九个人守贞节，你一个人偏要不贞，你固然是伤风败俗，大逆不道；可是如果九十九个人都是娼妓，你一个人偏要守贞节，你也会成为社会公敌，被人唾弃的。因此，苏格拉底所以饮鸩，伽利略所以被教会加罪，罗曼·罗兰、克罗齐、罗素所以在欧战期中被人谩骂。

本来风化习俗这件东西，孽虽造得不少，而为维持社会安宁计，却亦不能尽废。人与人相接触，问题就会发生。如果世界只有我，法律固为虚文，而道德也便无意义。人类须有法律道德维持，固足证其顽劣；然而人类既顽劣，道德法律也就不能勾销。所以老庄上德不德绝圣弃智的主张，理想虽高，而究不适于顽劣的人类社会。

习俗对于维持社会安宁，自有相当价值，我们是不能否认的。可是以维持安宁为社会唯一目的，则未免大错特错。习俗是守旧的，而社会则须时时翻新，才能增长滋大，所以习俗有时时打破的必要。人是一种贱动物，只好模仿因袭，不乐改革创造。所以维持固有的风化，用不着你费力。你让它去，世间自有一般庸人懒人去担心。可是要打破一种习俗，却不是一件易事。物理学上仿佛有一条定律说，凡物既静，不加力不动。而所加的力必比静物的惰力大，才能使它动。打破习俗，你须以一二人之力，抵抗千万人之惰力，所以非有雷霆万钧的力量不可。因此，习俗的背叛者比习俗的顺从者较为难能可贵，从历史看社会进化，都是靠着几个站在十字街头而能向十字街头宣战的人。这般人的报酬往往不是十字架，就是断头台。可是世间只有他们才是不朽，倘若世界没有他们这些殉道者，人类早已为乌烟瘴气闷死了。

一种社会所最可怕的不是民众肤浅顽劣，因为民众通常都是肤浅顽劣的。它所最可怕的是没有在肤浅卑劣的环境中而能不肤浅不卑劣的人。比方英国民众就是很沉滞顽劣的，然而在这种沉滞顽劣的社会中，偶尔跳出一二个性坚强的人，如雪莱、卡莱尔、罗素等，其特立独行的胆与识,却非其他民族所可多得。这是英国人力量所在的地方。路易·狄更生尝批评日本,说她是一个没有柏拉图和亚里士多德的希腊,所以不能造伟大的境界。据生物学家说,物竞天择的结果不能产生新种,须经突变(sports)。所谓突变,是指不像同种的新裔。社会也是如此,它能否生长滋大,就看它有无突变式的分子;换句话说,就看十字街头的矮人群中有没有几个大汉。

说到这点,我不能不替我们中国人汗颜了。处人胯下的印度还有一位泰戈尔和一位甘地,而中国满街只是一些打冒牌的学者和打冒牌的社会运动家。强者皇然叫嚣,弱者随声附和,旧者盲从传说,新者盲从时尚,相习成风,每况愈下,而社会之浮浅顽劣虚伪酷毒,乃日不可收拾。在这个当儿,站在十字街头的我们青年怎能免彷徨失措?朋友,昔人临歧而哭,假如你看清你面前的险径,你会心寒胆裂!围着你的全是肤浅顽劣虚伪酷毒,你只有两种应付方法:你只有和它冲突,要不然,就和它妥洽。在现时这种状况之下,冲突就是烦恼,妥洽就是堕落。无论走哪一条路,结果都是悲剧。

但是,朋友,你我正不必因此颓丧!假如我们的力量够,冲突结果,也许是战胜。让我们相信世界达真理之路只有自由思想,让我们时时记着十字街头肤浅虚伪的传说和时尚都是真理路上的障碍,让我们本着少年的勇气把一切市场偶像打得粉碎!

最后,打破偶像,也并非鲁莽叫嚣所可了事。鲁莽叫嚣还是十字街头的特色,是肤浅卑劣的表征。我们要能于叫嚣扰攘中:以冷静态度,灼见世弊;以深沉思考,规划方略;以坚强意志,征服障碍。总而言之，我们要自由伸张自我，不要汩没在十字街头的影响里去。朋友，让我们一齐努力罢！

你的朋友 孟实

谈　动

朋友：

　　从屡次来信看，你的心境近来似乎很不宁静。烦恼究竟是一种暮气，是一种病态，你还是一个十八九岁的青年，就这样颓唐沮丧，我实在替你担忧。

　　一般人欢喜谈玄，你说烦恼，他便从"哲学辞典"里拖出"厌世主义""悲观哲学"等等堂哉皇哉的字样来叙你的病由。我不知道你感觉如何？我自己从前仿佛也尝过烦恼的况味，我只觉得忧来无方，不但人莫之知，连我自己也莫名其妙，哪里有所谓哲学与人生观！我也些微领过哲学家的教训：在心气和平时，我景仰希腊廊下派哲学者，相信人生当皈依自然，不当存有嗔喜贪恋；我景仰托尔斯泰，相信人生之美在宥与爱；我景仰布朗宁，相信世间有丑才能有美，不完全乃真完全；然而外感偶来，心波立涌，拿天大的哲学，也抵挡不住。这固然是由于缺乏修养，但是青年们有几个修养到"不动心"的地步呢？从前长辈们往往拿"应该不应该"的大道理向我说法。他们说，像我这样一个青年应该活泼泼的，不应该暮气沉沉的，应该努力做学问，不应该把自己的忧乐放在心头。谢谢罢,请留着这副"应该"的方剂,将来患烦恼的人还多呢!

朋友,我们都不过是自然的奴隶,要征服自然,只得服从自然。违反自然,烦恼才乘虚而入,要排解烦闷,也须得使你的自然冲动有机会发泄。人生来好动,好发展,好创造。能动,能发展,能创造,便是顺从自然,便能享受快乐;不动,不发展,不创造,便是摧残生机,便不免感觉烦恼。这种事实在流行语中就可以见出,我们感觉快乐时说"舒畅",感觉不快乐时说"抑郁"。这两个字样可以用作形容词,也可以用作动词。用作形容词时,它们描写快或不快的状态;用作动词时,我们可以说它们说明快或不快的原因。你感觉烦恼,因为你的生机被抑郁;你要想快乐,须得使你的生机能舒畅,能宣泄。流行语中又有"闲愁"的字样,闲人大半易于发愁,就因为闲时生机静止而不舒畅。青年人比老年人易于发愁些,因为青年人的生机比较强旺。小孩子们的生机也很强旺,然而不知道愁苦,因为他们时时刻刻的游戏,所以他们的生机不至于被抑郁。小孩子们偶尔不很乐意,便放声大哭,哭过了气就消去。成人们感觉烦恼时也还要拘礼节,哪能由你放声大哭呢?黄连苦在心头,所以愈觉其苦。歌德少时因失恋而想自杀,幸而他的文机动了,埋头两礼拜著成一部《少年维特之烦恼》,书成了,他的气也泄了,自杀的念头也打消了。你发愁时并不一定要著书,你就读几篇哀歌,听一幕悲剧,借酒浇愁,也可以大畅胸怀。从前我很疑惑何以剧情愈悲而读之愈觉其快意,近来才悟得这个泄与郁的道理。

总之,愁生于郁,解愁的方法在泄;郁由于静止,求泄的方法在动。从前儒家讲心性的话,从近代心理学眼光看,都很粗疏,只有孟子的"尽性"一个主张,含义非常深广。一切道德学说都不免肤浅,如果不从"尽性"的基点出发。如果把"尽性"两字懂得透彻,我以为生活目的在此,生活方法也就在此。人性固然是复杂的,可是人是动物,基本性不外乎动。从动的中间我们可以寻出无限快感。这个道理我可以拿两种小事来印证:从前我住在家里,自己的书房总欢喜自己打扫。每看到书籍零乱,灰尘满地,你亲自去洒扫一过,霎时间混浊的世界变成明窗净几,此时悠然就座,游目骋怀,乃觉有不可言喻的快慰。再比方你自己是欢喜打网球的,当你起劲打球时,你还记得天地间有所谓烦恼吗?

你大约记得晋人陶侃的故事。他老来罢官闲居,找不得事做,便去搬砖。晨间把一百块砖由斋里搬到斋外,暮间把一百块砖由斋外搬到斋里。人问其故,他说:"吾方致力中原,过尔优逸,恐不堪事。"他又尝对人说:"大禹圣人,乃惜寸阴,至于众人,当惜分阴。"其实惜阴何必定要搬砖,不过他老先生还很苦壮,借这个玩意儿多活动活动,免得抑郁无聊罢了。

朋友,闲愁最苦!愁来愁去,人生还是那么样一个人生,世界也还是那么样一个世界。假如把自己看得伟大,你对于烦恼,当有"不屑"的看待;假如把自己看得渺小,你对于烦恼当有"不值得"的看待;我劝你多打网球,多弹钢琴,多栽花木,多搬砖弄瓦。假如你不喜欢这些玩意儿,你就谈谈笑笑,跑跑跳跳,也是好的。就在此祝你谈谈笑笑,跑跑跳跳!

你的朋友 孟实

谈　静

朋友：

　　前信谈动，只说出一面真理。人生乐趣一半得之于活动，也还有一半得之于感受。所谓"感受"是被动的，是容许自然界事物感动我的感官和心灵。这两个字含义极广。眼见颜色，耳闻声音，是感受；见颜色而知其美，闻声音而知其和，也是感受。同一美颜，同一和声，而各个人所见到的美与和的程度又随天资境遇而不同。比方路边有一棵苍松，你看见它只觉得可以砍来造船；我见到它可以让人纳凉；旁人也许说它很宜于入画，或者说它是高风亮节的象征。再比方街上有一个乞丐，我只能见到他的蓬头垢面，觉得他很讨厌；你见他便发慈悲心，给他一个铜子；旁人见到他也许立刻发下宏愿，要打翻社会制度。这几个人反应不同，都由于感受力有强有弱。

　　世间天才之所以为天才，固然由于具有伟大的创造力，而他的感受力也分外比一般人强烈。比方诗人和美术家，你见不到的东西他能见到，你闻不到的东西他能闻到。麻木不仁的人就不然，你就请伯牙向他弹琴，他也只联想到棉匠弹棉花。感受也可以说是"领略"，不过领略只是感受的一方面。世界上最快活的人不仅是最活动的人，也是最能领略的人。所谓领略，就是能在生活中寻出趣味。好比喝茶，渴汉只管满口吞咽，会喝茶的人却一口一口地细啜，能领略其中风味。

能处处领略到趣味的人绝不至于岑寂，也决不至于烦闷。朱子有一首诗说："半亩方塘一鉴开，天光云影共徘徊，问渠那得清如许？为有源头活水来。"这是一种绝美的境界。你姑且闭目一思索，把这幅图画印在脑里，然后假想这半亩方塘便是你自己的心，你看这首诗比拟人生苦乐多么惬当！一般人的生活干燥，只是因为他们的"半亩方塘"中没有天光云影，没有源头活水来，这源头活水便是领略得的趣味。

领略趣味的能力固然一半由于天资，一半也由于修养。大约静中比较容易见出趣味。物理上有一条定律说：两物不能同时并存于同一空间。这个定律在心理方面也可以说得通。一般人不能感受趣味，大半因为心地太忙，不空所以不灵。我所谓"静"，便是指心界的空灵，不是指物界的沉寂，物界永远不沉寂的。你的心境愈空灵，你愈不觉得物界沉寂，或者我还可以进一步说，你的心界愈空灵，你也愈不觉得物界喧嘈。所以习静并不必定要逃空谷，也不必定学佛家静坐参禅。静与闲也不同。许多闲人不必都能领略静中趣味，而能领略静中趣味的人，也不必定要闲。在百忙中，在尘市喧嚷中，你偶然丢开一切，悠然遐想，你心中便蓦然似有一道灵光闪烁，无穷妙悟便源源而来。这就是忙中静趣。

我这番话都是替两句人人知道的诗下注脚。这两句诗就是"万物静观皆自得，四时佳兴与人同"。大约诗人的领略力比一般人都要大。

近来看周启孟的《雨天的书》引日本人小林一茶的一首俳句:"不要打哪,苍蝇搓他的手,搓他的脚呢。"觉得这种情境真是幽美。你懂得这一句诗就懂得我所谓静趣。中国诗人到这种境界的也很多。现在姑且就一时所想到的写几句给你看:

  鱼戏莲叶东,鱼戏莲叶西,鱼戏莲叶南,鱼戏莲叶北。
          ——古诗,作者姓名佚

  山涤余霭,宇暖微霄。有风自南,翼彼新苗。
            ——陶渊明《时运》

  采菊东篱下,悠然见南山。山气日夕佳,飞鸟相与还。
            ——陶渊明《饮酒》

  目送归鸿,手挥五弦。俯仰自得,游心太玄。
          ——嵇叔夜《送秀才从军》

  倚杖柴门外,临风听暮蝉。渡头余落日,墟里上孤烟。
            ——王摩诘《赠裴迪》

像这一类描写静趣的诗,唐人五言绝句中最多。你只要仔细玩味,你便可以见到这个宇宙又有一种景象,为你平时所未见到的。梁任公的《饮冰室文集》里有一篇谈"烟士披里纯",詹姆斯的《与教员学生谈话》(James: *Talks To Teachers and Students*) 里面有三篇谈人生观,关于静趣都说得很透辟。可惜此时这两部书都不在手边,不能录几段出来给你看。你最好自己到图书馆里去查阅。詹姆斯的《与教员学生谈话》那三篇文章（最后三篇）尤其值得一读，记得我从前读这三篇文章，很受他感动。

  静的修养不仅是可以使你领略趣味，对于求学处事都有极大帮助。释迦牟尼在菩提树荫静坐而证道的故事，你是知道的。古今许多伟大人物常能在仓皇扰乱中雍容应付事变，丝毫不觉张皇，就因为能镇静。现代生活忙碌，而青年人又多浮躁。你站在这潮流里，自然也难免跟着旁人乱嚷。不过忙里偶然偷闲，闹中偶然觅静，于身于心，都有极大裨益。你多在静中领略些趣味，不特你自己受用，就是你的朋友们看着你也快慰些。我生平不怕呆人，也不怕聪明过度的人，只是对着没有趣味的人，要勉强同他说应酬话，真是觉得苦也。你对着有趣味的人，你并不必多谈话，只是默然相对，心领神会，便可觉得朋友中间的无上至乐。你有时大概也发生同样感想罢？

  眠食诸希珍重！

你的朋友　孟实

肆

此时　此地　此身

这世界之所以美满,就在有缺陷,有希望的机会,想象的天地

朝抵抗力最大的路径走

我提出这个题目来谈，是根据一点亲身的经验。有一个时候，我学过作诗填词。往往一时兴到，我信笔直书，心里想到什么，就写什么，写成了自己读读看，觉得很高兴，自以为还写得不坏，后来我把这些处女作拿给一位精于诗词的朋友看，请他批评，他仔细看了一遍后，很坦白地告诉我说："你的诗词未尝不能作，只是你现在所作的还要不得。"我就问他："毛病在哪里呢？"他说："你的诗词都来得太容易，你没有下过力，你欢喜取巧，显小聪明。"听了这话，我捏了一把冷汗，起初还有些不服，后来对于前人作品多费过一点心思，才恍然大悟那位朋友批评我的话真是一语破的。我的毛病确是在没有下过力。我过于相信自然流露，没有知道第一次浮上心头的意思往往不是最好的意思，第一次浮上心头的词句也往往不是最好的词句。意境要经过洗练，表现意境的词句也要经过推敲，才能脱去渣滓，达到精妙境界。洗练推敲要吃苦费力，要朝抵抗力最大的路径走。福楼拜自述写作的辛苦说："写作要超人的意志，而我却只是一个人！"我也有同样感觉，我缺乏超人的意志，不能拼死力往里钻，只朝抵抗力最低的路径走。

这一点切身的经验使我受到很深的感触。它是一种失败，然而从这种失败中我得到一个很好的教训。我觉得不但在文艺方面，就在立身处世的任何方面，贪懒取巧都不会有大成就，要有大成就，必定朝抵抗力最大的路径走。

"抵抗力"是物理学上的一个术语。凡物在静止时都本其固有"惰性"而继续静止，要使它动，必须在它身上加"动力"，动力愈大，动愈速愈远。动的路径上不能无抵抗力，凡物的动都朝抵抗力最低的方向。如果抵抗力大于动力，动就会停止，抵抗力纵是低，聚集起来也可以使动力逐渐减少以至于消灭，所以物不能永动，静止后要它续动，必须加以新动力。这是物理学上一个很简单的原理，也可以应用到人生上面。人像一般物质一样，也有惰性，要想他动，也必须有动力。人的动力就是他自己的意志力。意志力愈强，动愈易成功；意志力愈弱，动愈易失败。不过人和一般物质有一个重要的分别；一般物质的动都是被动，使它动的动力是外来的；人的动有时可以是主动，使他动的意志力是自生自发自给自足的。在物的方面，动不能自动地随抵抗力之增加而增加；在人的方面，意志力可以自动地随抵抗力之增加而增加，所以物质永远是朝抵抗力最低的路径走，而人可以朝抵抗力最大的路径走。物的动必终为抵抗力所阻止，而人的动可以不为抵抗力所阻止。

照这样看，人之所以为人，就在能不为最大的抵抗力所压服。我们如果要测量一个人有多少人性，最好的标准就是他对于抵抗力所拿出的抵抗力，换句话说，就是他对于环境困难所表现的意志力。我在上文说过，人可以朝抵抗力最大的路径走，人的动可以不为抵抗力所阻。我说"可以"不说"必定"，因为世间大多数人仍是惰性大于意志力，欢喜朝抵抗力最低的路径走，抵抗力稍大，他就要缴械投降。这种人在事实上失去最高生命的特征，堕落到无生命的物质的水平线上，和死尸一样东推东倒，西推西倒。他们在道德学问事功各方面都绝不会有成就，万一以庸庸得厚福，也是叨天之幸。

人生来是精神所附丽的物质，免不掉物质所常有的惰性。抵抗力最低的路径常是一种引诱，我们还可以说，凡是引诱所以能成为引诱，都因为它是抵抗力最低的路径，最能迎合人的惰性。惰性是我们的仇敌，要克服惰性，我们必须动员坚强的意志力，不怕朝抵抗力最大的路径走。走通了，抵抗力就算被征服，要做的事也就算成功。举一个极简单的例子。在冬天早晨，你睡在热被窝里很舒适，心里虽知道这应该是起床的时候而你总舍不得起来，你不起来，则顺着惰性，朝抵抗力最低的路径走。被窝的暖和舒适，外面的空气寒冷，多躺一会儿的种种借口，对于起床的动作都是很大的抵抗力，使你觉得起床是一件天大的难事。但是你如果下一个决心，说非起来不可，一耸身你也就起来了。这一起来事情虽小，却表示你对于最大抵抗力的征服，你的企图的成功。

这是一个琐屑的事例，其实世间一切事情都可做如此看法。历史上许多伟大人物所以能有伟大成就者,大半都靠有极坚强的意志力,肯向抵抗力最大的路径走。例如孔子,他是当时一个大学者,门徒很多,如果他贪图个人的舒适,大可以坐在曲阜过他安静的学者的生活。但是他毕生东奔西走,席不暇暖,在陈绝过粮,在匡遇过生命的危险,他那副奔波劳碌恓恓惶惶的样子颇受当时隐者的嗤笑。他为什么要这样呢?就因为他有改革世界的抱负,非达到理想,他不肯甘休。《论语》长沮桀溺章最足见出他的心事。长沮桀溺二人隐在乡下耕田,孔子叫子路去向他们问路,他们听说是孔子,就告诉子路说:"滔滔者天下皆是也,而谁以易之!"意思是说,于今世道到处都是一般糟,谁去理会它,改革它呢?孔子听到这话叹气说:"鸟兽不可与同群,吾非斯人之徒与而谁与?天下有道,丘不与易也。"意思是说,我们既是人就应做人所应该做的事;如果世道不糟,我自然就用不着费气力去改革它。孔子平生所说的话,我觉这几句最沉痛,最伟大。长沮桀溺看天下无道,就退隐躬耕,是朝抵抗力最低的路径走,孔子看天下无道,就牺牲一切要拼命去改革它,是朝抵抗力最大的路径走。他说得很干脆:"天下有道,丘不与易也。"

再如耶稣,从《新约》中四部《福音》看,他的一生都是朝抵抗力最大的路径走。他抛弃父母兄弟,反抗当时旧犹太宗教,攻击当时的社会组织,要在慈爱上建筑一个理想的天国,受尽种种困难艰苦,到最后牺牲了性命,都不肯放弃了他的理想。在他的生命史中有一段是一发千钧的危机。他下决心要宣传天国福音后,跑到沙漠里苦修了四十昼夜。据他的门徒的记载,这四十昼夜中他不断地受恶魔引诱。

恶魔引诱他去争尘世的威权，去背叛上帝，崇拜恶魔自己。耶稣经过四十昼夜的挣扎，终于拒绝恶魔的引诱，坚定了对于天国的信念。从我们非教徒的观点看，这段恶魔引诱的故事是一个寓言，表示耶稣自己内心的冲突。横在他面前的有两路：一是上帝的路，一是恶魔的路。走上帝的路要牺牲自己，走恶魔的路他可以握住政权，享受尘世的安富尊荣。经过了四十昼夜的挣扎，他决定了走抵抗力最大的路——上帝的路。

我特别在耶稣生命中提出恶魔引诱的一段故事，因为它很可以说明宋明理学家所说的天理与人欲的冲突。我们一般人尽善尽恶的不多见，性格中往往是天理与人欲杂糅，有上帝也有恶魔，我们的生命史常是一部理与欲、上帝与恶魔的斗争史。我们常在歧途徘徊，理性告诉我们向东，欲念却引诱我们向西。在这种时候，上帝的势力与恶魔的势力好像摆在天平的两端，见不出谁轻谁重。这是"一发千钧"的时候，"一失足即成千古恨"，一挣扎立即可成圣贤豪杰。如果要上帝的那一端天平沉重一点，我们必须在上面加一点重量，这重量就是拒绝引诱，克服抵抗力的意志力。有些人在这紧要关头拿不出一点意志力，听惰性摆布，轻轻易易地堕落下去，或是所拿的意志力不够坚决，经过一番冲突之后，仍然向恶魔缴械投降。例如洪承畴本是明末一个名臣，原来也很想效忠明朝，恢复河山，清兵入关后，大家都预料他以死殉国，清兵百计劝诱他投降，他原也很想不投降，但是到最后终于抵不住生命的执着与禄位的诱惑，做了明朝的汉奸。再举一个眼前的例子，汪精卫前半生对于民族革命很努力，当这次抗战开始时，他广播演说也很慷慨激昂。谁料到他的利禄熏心，一经敌人引诱，就起了卖国叛党的坏心思。依陶希圣的记载，他在上海时似仍感到良心上的痛苦，如果他拿一点意志力，及早回头，或以一死谢国人，也还不失为知过能改的好汉。但是他拿不出一点意志力，就认错就错，甘心认贼作父。世间许多人失节败行，都像汪精卫、洪承畴之流，在紧要关头，不肯争一口气，就马马虎虎地朝抵抗力最低的路径走。

这是比较显著的例，其实我们涉身处世，随时随地目前都横着两条路径，一是抵抗力最低的，一是抵抗力最大的。比如当学生，不死心塌地去做学问，只敷衍功课，混分数文凭；毕业后不拿出本领去替社会服务，只奔走巴结，贪缘幸进，以不才而在高位；做事时又不把事当事做，只一味因循苟且，敷衍公事，甚至于贪污淫逸，遇钱即抓，不管它来路正当不正当——这都是放弃抵抗力最大的路径而走抵抗力最低的路径。这种心理如充类至尽，就可以逐渐使一个人堕落。我尝穷究目前中国社会腐败的根源，以为一切都由于懒。懒，所以苟且因循敷衍，做事不认真；懒，所以贪小便宜，以不正当的方法解决个人的生计；懒，所以随俗浮沉，一味圆滑，不敢为正义公道奋斗；懒，所以遇引诱即堕落，个人生活无纪律，社会生活无秩序。知识阶级懒，所以文化学术无进展；官吏懒，所以政治不上轨道；一般人都懒，所以整个社会都"吊儿郎当"暮气沉沉。懒是百恶之源，也就是朝抵抗力最低的路径走。如果要改造中国社会，第一件心理的破坏工作是除懒，第一件心理的建设工作是提倡奋斗精神。

生命就是一种奋斗，不能奋斗，就失去生命的意义与价值；能奋斗，则世间很少不能征服的困难。古话说得好，"有志者事竟成"。希腊最大的演说家是德摩斯梯尼，他生来口吃，一句话也说不清楚，但他抱定决心要成为一个大演说家，他天天一个人走海边，向着大海练习演说，到后来居然达到了他的志愿。这个实例阿德勒派心理学家常喜援引。依他们说，人自觉有缺陷，就起"卑劣意识"，自耻不如人，于是心中就起一种"男性的抗议"，自己说我也是人，我不该不如人，我必用我的意志力来弥补天然的缺陷。阿德勒派学者用这种原则解释许多伟大人物的非常成就，例如聋子成为大音乐家，瞎子成为大诗人之类。我觉得一个人的紧要关头在起"卑劣意识"的时候。起"卑劣意识"是知耻，孔子说得好，"知耻近乎勇"。但知耻虽近乎勇而却不是勇。能勇必定有阿德勒派所说的"男性的抗议"。"男性的抗议"就是认清了一条路径上抵抗力最大而仍然勇往直前，百折不挠。许多人虽天天在"卑劣意识"中过活，却永不能发"男性的抗议"，只知怨天尤人，甚至于自己不长进，希望旁人也跟着他不长进，看旁人长进，只怀满肚子醋意。这种人是由知耻回到无耻，注定地要堕落到十八层地狱，永不超生。

　　能朝抵抗力最大的路径走，是人的特点。人在能尽量发挥这特点时，就足见出他有富裕的生活力。一个人在少年时常是朝气勃勃，有志气，肯干，觉得世间无不可为之事，天大的困难也不放在眼里。到了年事渐长，受过了一些磨折，他就逐渐变成暮气沉沉，意懒心灰，遇事都苟且因循，得过且过，不肯出一点力去奋斗。一个人到了这时候，生活力就已经枯竭，虽是活着，也等于行尸走肉，不能有所作为了。所以一个人如果想奋发有为，最好是趁少年血气方刚的时候，少年时如果能努力，养成一种勇往直前百折不挠的精神，老而益壮，也还是可能的。

一个人的生活力之强弱，以能否朝抵抗力最大的路径为准，一个国家或是一个民族也是如此。这个原则有整个的世界史证明。姑举几个显著的例，西方古代最强悍的民族莫如罗马人，我们现在说到能吃苦肯干，重纪律，好冒险，仍说是"罗马精神"。因其有这种精神，所以罗马人东征西讨，终于统一了欧洲，建立一个庞大的殖民帝国。后来他们从殖民地获得丰富的资源，一般罗马公民都可以坐在家里不动而享受富裕生活，于是变成骄奢淫逸，无恶不为，一至新兴的"野蛮"民族从欧洲东北角向南侵略，罗马人就毫无抵抗而分崩瓦解。再如清朝，他们在入关以前过的是骑猎生活，民性最强悍，很富于吃苦冒险的精神，所以到明末张李之乱社会腐败紊乱时，他们以区区数十万人之力就能入主中夏。可是他们做了皇帝之后，一切皇亲国戚都坐着不动吃皇粮，享大位，过舒服生活，不到三百年，一个新兴民族就变成腐败不堪，辛亥革命起，我们就轻轻易易地把他们推翻了。我们如果要明白一个民族能够堕落到什么地步，最好去看看北平的旗人。

我们中华民族在历史上经过许多波折，从周秦到现在，没有哪一个时代我们不遇到很严重的内忧，也没有哪一个时代我们没有和邻近的民族挣扎，我们爬起来蹶倒，蹶倒了又爬起，如此者已不知若干次。从这简单的史实看，我们民族的生活力确是很强旺，它经过不断的奋斗才维持住它的生存权。这一点祖传的力量是值得我们尊重的。

于今我们又临到严重的关头了。横在我们面前的只有两条路,一是汪精卫和一班汉奸所走的,抵抗力最低的,屈服;一是我们全民族在蒋委员长领导之下所走的,抵抗力最大的,抗战。我相信我们民族的雄厚的生活力能使我们克服一切困难。不过我们也要明白,我们的前途困难还很多,抗战胜利只解决困难的一部分,还有政治、经济、文化、教育各方面的建设工作还需要更大的努力。一直到现在,我们所拿出来的奋斗精神还是不够。因循、苟且、敷衍,种种病象在社会上还是很流行。我们还是有些老朽,我们应该趁早还童。

孟子说:"天将降大任于斯人也,必先苦其心志,劳其筋骨,饿其体肤,空乏其身,行拂乱其所为,所以动心忍性,增益其所不能。"于今我们的时代是"天将降大任于斯人"的时代了,孟子所说的种种磨折,我们正在亲领身受。我希望每个中国人,尤其是青年们,要明白我们的责任,本着大无畏的精神,不顾一切困难,向前迈进。

谈多元宇宙

朋友：

你看到"多元宇宙"这个名词，也许联想到詹姆斯的哲学名著。但是你不用骇怕我谈玄，你知道我是一个不懂哲学而且厌听哲学的人。今天也只是吃家常便饭似的，随便谈谈，与詹姆斯毫无关系。

年假中朋友们来闲谈，"言不及义"的时候，动辄牵涉到恋爱问题。各人见解不同，而我所援以辩护恋爱的便是我所谓"多元宇宙"。

什么叫作"多元宇宙"呢？

人生是多方面的，每方面如果发展到极点，都自有其特殊宇宙和特殊价值标准。我们不能以甲宇宙中的标准，测量乙宇宙中的价值。如果勉强以甲宇宙中的标准，测量乙宇宙中的价值，则乙宇宙便失其独立性，而只在乙宇宙中可尽量发展的那一部分性格便不免退处于无形。

各人资禀经验不同，而所见到的宇宙，其种类多寡，量积大小，也不一致。一般人所以为最切己而最推重的是"道德的宇宙"。"道德的宇宙"是与社会俱生的。如果世间只有我，"道德的宇宙"便不能成立。比方没有父母，便无孝慈可言，没有亲友，便无信义可言。人与人相接触以后，然后道德的需要便因之而起。人是社会的动物，而同时又秉有反社会的天性。想调剂社会的需要与利己的欲望，人与人之间的关系不能不有法律道德为之维护。因有法律存在，我不能以利己欲望妨害他人，他人也不能以利己欲望妨害我，于是彼此乃宴然相安。因有道德存在，我尽心竭力以使他人享受幸福，他人也尽心竭力以使我享受幸福，于是彼此乃欢然同乐，社会中种种成文的礼法和默认的信条都是根据这个基本原理。服从这种礼法和信条便是善，破坏这种礼法和信条便是恶。善恶便是"道德的宇宙"中的价值标准。

我们既为社会中人，享受社会所赋予的权利，便不能不对于社会负有相当义务，不能不趋善避恶，以求达到"道德的宇宙"的价值标准的最高点。在"道德的宇宙"中，如果能登峰造极，也自能实现伟大的自我，孔子、苏格拉底和耶稣诸人的风范所以照耀千古。

但是"道德的宇宙"绝不是人生唯一的宇宙，而善恶也绝不能算是一切价值的标准，这是我们中国人往往忽略的道理。

比方在"科学的宇宙"中，善恶便不是合适的价值标准。"科学的宇宙"中的适当价值标准只是真伪。科学家只问：我的定律是否合于事实？这个结论是否没有讹错？他们绝问不到："物体向地心下坠"合乎道德吗？"勾方加股方等于弦方"有些不仁不义吧？固然"科学的宇宙"也有时和"道德的宇宙"相抵触。但是科学家只当心真理而不顾社会信条。伽利略宣传哥白尼地动说，达尔文主张生物是进化而不是神造的，就教会眼光看，他们都是不道德的，因为他们直接地辩驳圣经，间接地摇动宗教和它的道德信条。可是伽利略和达尔文是"科学的宇宙"中的人物，从"道德的宇宙"所发出来的命令，他们则不敢奉命唯谨。科学家的这种独立自由的态度到现代更渐趋明显。比方伦理学从前是指导行为的规范科学，而近来却都逐渐向纯粹科学的路上走，它们的问题也逐渐由"应该或不应该如此？"变为"实在是如此或不如此"了。

其次，"美术的宇宙"也是自由独立的。美术的价值标准既不是是非，也不是善恶，只是美丑。从希腊以来，学者对于美术有三种不同的见解。一派以为美术含有道德的教训，可以陶冶性情。一派以为美术的最大功用只在供人享乐。第三派则折中两说，以为美术既是教人道德的，又是供人享乐的。好比药丸加上糖衣，吃下去又甜又受用。这三种学说在近代都已被人推翻了。现代美术家只是"为美术而言美术"（Art for Art's Sake）。意大利美学泰斗克罗齐并且说美和善是绝对不能混为一谈的。因为道德行为都是起于意志，而美术品只是直觉得来的意象，无关意志，所以无关道德。这并非说美术是不道德的，美术既非"道德的"，也非"不道德的"，它只是"超道德的"。说一个幻想是道德的，或者说一幅画是不道德的，是无异于说一个方形是道德的，或者说一个三角形是不道德的，同为毫无意义。美术家最大的使命求创造一种意境，而意境必须超脱现实。我们可以说，在美术方面，不能"脱实"便是不能"脱俗"。因此，从"道德的宇宙"中的标准看，曹操、阮大铖、李波·李披（Fra Lippo Lippi）和拜伦一般人都不是圣贤，而从"美术的宇宙"中的标准看，这些人都不失其为大诗家或大画家。

再其次，我以为恋爱也是自成一个宇宙；在"恋爱的宇宙"里，我们只能问某人之爱某人是否真纯，不能问某人之爱某人是否应该。其实就是只"应该不应该"的问题，恋爱也是不能打消的。从生物学观点看，生殖对于种族为重大的利益，而对于个体则为重大的牺牲。带有重大的牺牲，不能不兼有重大的引诱，所以性欲本能在诸本能中最为强烈。我们可以说，人应该生存，应该绵延种族，所以应该恋爱。但是这番话仍然是站在"道德的宇宙"中说的，在"恋爱的宇宙"中，恋爱不是这样机械的东西，它是至上的，神圣的，含有无穷奥秘的。在恋爱的状态中，两人脉搏的一起一落，两人心灵一往一复，都恰能忻合无间。在这种境界，如果身家、财产、学业、名誉、道德等等观念渗入一分，则恋爱真纯的程度便须减少一分。真能恋爱的人只是为恋爱而恋爱，恋爱以外，不复另有宇宙。

"恋爱的宇宙"和"道德的宇宙"虽不必定要不能相容，而在实际上往往互相冲突。恋爱和道德相冲突时，我们既不能两全，应该牺牲恋爱呢，还是牺牲道德呢？道德家说，道德至上，应牺牲恋爱。爱伦·凯一般人说，恋爱至上，应牺牲道德。就我看，这所谓"道德至上"与"恋爱至上"都未免笼统。我们应该加上形容句子说，在"道德的宇宙"中道德至上，在"恋爱的宇宙"中恋爱至上。所以遇着恋爱和道德相冲突时，社会本其"道德的宇宙"的标准，对于恋爱者大肆其攻击诋毁，是分所应有的事，因为不如此则社会赖以维持的道德难免隳丧；而恋爱者整个地酣醉于"恋爱的宇宙"里，毅然不顾一切，也是分所应有的事，因为不如此则恋爱不真纯。

"恋爱的宇宙"中，往往也可以表现出最伟大的人格。我时常想，能够恨人极点的人和能够爱人极点的人都不是庸人。日本民族是一个有生气的民族，因他们中间有人能够以嫌怨杀人，有人能够为恋爱自杀。我们中国人随在都讲"中庸"，恋爱也只能达到温汤热。所以为恋爱而受社会攻击的人，立刻就登报自辩。这不能不算是根性浅薄的表征。

朋友，我每次写信给你都写到第六张信笺为止。今天已写完第六张信笺了，可是如果就在此搁笔，恐怕不免叫人误解，让我在收尾时郑重声明一句罢。恋爱是至上的，是神圣的，所以也是最难遭遇的。"道德的宇宙"里真正的圣贤少，"科学的宇宙"里绝对真理不易得，"美术的宇宙"里完美的作家寥寥，"恋爱的宇宙"里真正的恋爱人更是凤毛麟角。恋爱是人格的交感共鸣，所以恋爱真纯的程度以人格高下为准。一般人误解恋爱，动于一时飘忽的性欲冲动而发生婚姻关系，境过则情迁，色衰则爱弛，这虽是冒名恋爱，实则只是纵欲。我为真正恋爱辩护，我却不愿为纵欲辩护；我愿青年应该懂得恋爱神圣，我却不愿青年在血气未定的时候，去盲目地假恋爱之名寻求泄欲。

意长纸短，你大概已经懂得我的主张了罢？

你的朋友　孟实

谈摆脱

朋友：

近来研究黑格尔（Hegel）讨论悲剧的文章，有时拿他的学说来印证实际生活，颇觉欣然有会意。许久没有写信给你，现在就拿这点道理作谈料。

黑格尔对于古今悲剧，最推尊希腊索福克勒斯（Sophocles）的《安提戈涅》(*Antigone*)。安提戈涅的哥哥因为争王位，借重敌国的兵攻击他自己的祖国底比斯，他在战场上被打死了。底比斯新王克瑞翁（Creon）悬令，如有人敢收葬他，便处死罪，因为他是一个国贼。安提戈涅很像中国的聂嫈，毅然不避死刑，把她哥哥的尸骨收葬了。安提戈涅又是和克瑞翁的儿子海蒙（Haemon）订过婚的，她被绞以后，海蒙痛恨她，也自杀了。

黑格尔以为凡悲剧都生于两理想的冲突，而安提戈涅是最好的实例。就克瑞翁说，做国王的职责和做父亲的职责相冲突。就安提戈涅说，做国民的职责和做妹妹的职责相冲突。就海蒙说，做儿子的职责和做情人的职责相冲突。因此冲突，故三方面结果都是悲剧。

黑格尔只是论文学，其实推广一点说，人生又何尝不是一种理想的冲突场？不过实在界和舞台有一点不同，舞台上的悲剧生于冲突之得解决，而人生的悲剧则多生于冲突之不得解决。生命途程上的歧路尽管千差万别，而实际上只有一条路可走，有所取必有所舍，这是自然的道理。世间有许多人站在歧路上只徘徊顾虑，既不肯有所舍，便不能有所取。世间也有许多人既走上这一条路，又念念不忘那一条路。结果也不免差误时光。"鱼，我所欲也；熊掌，亦我所欲也。二者不可得兼，舍鱼而取熊掌者也。"有这样果决，悲剧绝不会发生。悲剧之发生就在既不肯舍鱼，又不肯舍熊掌，只在那儿垂涎打算盘。这个道理我可以举几个实例来说明：

"禾"是一个大学生，很好文学，而他那一班的功课有簿记、有法律，都是他所厌恶的。他每见到我便愁眉蹙额地说："真是无聊！天天只是预备考试！天天只是读这些没有意味的课本！"我告诉他："你既不欢喜那些东西，便把它们丢开就是了。"他说："既然花了家里的钱进学堂，总得要勉强敷衍考试才是。"我说："你要敷衍考试，就敷衍考试是了。"然而他天天嫌恶考试，天天又在那儿预备考试。

我有一个幼时的同学恋爱了一个女子。他的家庭极力阻止他。他每次来信都向我诉苦。我去信告诉他说："你既然爱她，便毅然不顾一切去爱她就是了。"他又说："家庭骨肉的恩爱就能够这样恝然置之吗？"我回复他说："事既不能两全，你便应该趁早疏绝她。"但是他到现在还是犹豫不知所可，还是照旧叫苦。

"禹"也是一个旧相识。他在衙门里充当一个小差事。他很能做文章，家里虽不丰裕，也还不至于没有饭吃。衙门里案牍和他的脾胃不很合，而且妨碍他著述。他时常觉得他的生活没有意味，和我谈心时，不是说："嗳，如果我不要就这个事，这本稿子久已写成了。"就是说："这事简直不是人干的，我回家陪妻子吃糙米饭去了！"像这样的话我也不知道听他说过多少回数，但是他还是依旧风雨无阻地去应卯。

这些朋友的毛病都不在"见不到"而在"摆脱不开"。"摆脱不开"便是人生悲剧的起源。畏首畏尾，徘徊歧路，心境既多苦痛，而事业也不能成就。许多人的生命都是这样模模糊糊地过去的。要免除这种人生悲剧，第一须要"摆脱得开"。消极说是"摆脱得开"，积极说便是"提得起"，便是"抓得住"。认定一个目标，便专心致志地向那里走，其余一切都置之度外，这是成功的秘诀，也是免除烦恼的秘诀。现在姑且举几个实例来说明我所谓"摆脱得开"。

释迦牟尼当太子时，乘车出游，看到生老病死的苦状，便恍然解悟人生虚幻，把慈父、娇妻、爱子和王位一齐抛开，深夜遁入深山，静坐菩提树下，冥心默想解脱人类罪苦的方法。这是古今第一个知道摆脱的人。其次如苏格拉底，如耶稣，如屈原，如文天祥，为保持人格而从容就死，能摆脱开一般人所摆脱不开的生活欲，也很可以廉顽立懦。再其次如希腊第欧根尼提倡克欲哲学，除一个饮水的杯子和一个盘坐的桶子以外，身旁别无长物，一日见童子用手捧水喝，他便把饮水的杯子也掷碎。犹太斯宾诺莎学说与犹太教义不合，犹太教徒行贿不遂，把他驱逐出籍，他以后便专靠磨镜过活。他在当时是欧洲第一个大哲学家,海得尔堡大学请他去当哲学教授,他说:"我还是磨我的镜子比较自由。"所以谢绝教授的位置。这是能为真理为学问摆脱一切的。卓文君逃开富家的安适,去陪司马相如当垆卖酒,是能为恋爱摆脱一切的。张翰在齐做大司马东曹掾,一天看见秋风乍起,想起吴中菰菜莼羹鲈鱼脍,立刻就弃官归里。陶渊明做彭泽令,不愿束带见督邮,向县吏说:"我岂能为五斗米折腰向乡里小儿!"立即解绶辞官。这是能摆脱禄位以行吾心所安的。英国小说家司各特早年颇致力于诗,后读拜伦著作,知道自己在诗的方面不能有大成就,便丢开音律专去做他的小说。这是能为某一种学问而摆脱开其他学问之引诱的。孟敏堕甑,不顾而去。郭林宗问他的缘故,他回答说:"甑已碎,顾之何益?"这是能摆脱过去失败的。

斯蒂文森论文,说文章之术在知遗漏(the art of omitting),其实不独文章如是,生活也要知所遗漏。我幼时,有一位最敬爱的国文教师看出我不知摆脱的毛病,尝在我的课卷后面加这样的批语:"长枪短戟,用各不同,但精其一,已足制胜,汝才有偏向,姑发展其所长,不必广心博骛也。"十年以来,说了许多废话,看了许多废书,做了许多不中用的事,走了许多没有目标的路,多尝试,少成功,回忆师训,殊觉赧然,冷眼观察,世间像我这样暗中摸索的人正亦不少。大节固不用说,请问街头那纷纷群众忙的为什么?为什么天天做明知其无聊的工作,说明知其无聊的话,和明知其无聊的朋友假意周旋?在我看来,这都由于"摆脱不开"。因为人人都"摆脱不开",所以生命便成了一幕最大的悲剧。

朋友，我写到这里，已超过寻常篇幅，把上面所写的翻看一过，觉得还没有把"摆脱"的道理说得透。我只谈到粗浅处，细微处让你自己暇时细心体会。

你的朋友　孟实

谈立志

抗战以前与抗战以来的青年心理有一个很显然的分别：抗战以前，普通青年的心理变态是烦恼；抗战以来，普通青年的心理变态是消沉。烦恼大半起于理想与事实的冲突。在抗战以前，青年对于自己前途有一个理想，要有一个很好的环境求学，再有一个很好的职业做事；对于国家民族也有一个理想，要把侵略的外力打倒，建设一个新的社会秩序。这两种理想在当时都似很不容易实现，于是他们烦躁不耐烦，失望，以至于苦闷。抗战发生时，我们民族毅然决然地拼全副力量来抵挡侵略的敌人，青年们都兴奋了一阵，积压许久的郁闷为之一畅。但是这种兴奋到现在似已逐渐冷静下去，国家民族的前途比从前光明，个人求学就业也比从前容易，虽然大家都硬着脖子在吃苦，可是振作的精神似乎很缺乏。在学校的学生们对功课很敷衍，出了学校就职业的人们对事业也很敷衍，对于国家大事和世界政局没有像从前那样关切。这是一个很可忧虑的现象，因为横在我们面前的还有比抗敌更艰难的局面，需要更坚决更沉着的努力来应付，而我们青年现在所表现的精神显然不足以应付这种艰难的局面。

如果换个方式来说，从前的青年人病在志气太大，目前的青年人病在志气太小，甚至于无志气。志气太大，理想过高，事实迎不上头来，结果自然是失望烦闷；志气太小，因循苟且，麻木消沉，结果就必至于堕落。所以我们宁愿青年烦恼，不愿青年消沉。烦恼至少是对于现实的欠缺还有敏感，还可以激起努力；消沉对于现实的欠缺就根本麻木不仁，绝不会引起改善的企图。但是说到究竟，烦恼之于消沉也不过是此胜于彼，烦恼的结果往往是消沉，犹如消沉的结果往往是堕落。目前青年的消沉与前五六年青年的烦恼似不无关系。烦恼是耗费心力的，心力耗费完了，连烦闷也不曾有，那便是消沉。

一个人不是生下来就烦闷或消沉的，因为人都有生气，而生气需要发扬，需要活动。有生气而不能发扬，或是活动遇到阻碍，才会烦闷或消沉。烦闷是感觉到困难，消沉是无力征服困难而自甘失败。这两种心理病态都是挫折以后的反应。一个人如果经得起挫折，就不会起这种心理变态。所谓经不起挫折，就是没有决心和勇气，就是意志薄弱。意志薄弱经不起挫折的人往往有一套自宽自解的话，就是把所有的过错都推诿到环境。明明是自己无能，而埋怨环境不允许我显本领；明明是自己甘心做坏人，而埋怨环境不允许我做好人。这其实是懦夫的心理，对于自己不肯负责任。环境永远不会美满的，万一它生来就美满，人的成就也就无甚价值。人之所以可贵，就在他不像猪豚，被饲而肥，他能够不安于污浊的环境，拿力量来改变它，征服它。

普通人的毛病在责人太严，责己太宽。埋怨环境还由于缺乏自省自责的习惯。自己的责任必须自己担当起，成功是我的成功，失败也是我的失败。每个人是他自己的造化主，环境不足畏，犹如命运不足信。我们的民族需要自力更生。我们每个人也是如此。我们的青年必须先有这种觉悟，个人和国家民族的前途才有希望。能责备自己，信赖自己，然后自己才能打出一个江山来。

我们有一句老话："有志者事竟成。"这话说得很好，古今中外在任何方面经过艰苦奋斗而成功的英雄豪杰都可以做例证。志之成就是理想的实现。人为的事实都必基于理想，没有理想绝不能成为人为的事实。譬如登山，先须存念头去登，然后一步一步地走上去，最后才会到达目的地。如果根本不起登的念头，登的事实自无从发生。这是浅例。世间许多人行尸走肉浪费了他们的生命，就因为他们对于自己应该做的事不起念头。许多以教育为事业的人根本不起念头去研究，许多以政治为事业的人根本不起念头为国民谋幸福。我们的文化落后，社会紊乱，不就由于这个极简单的原因吗？这就是上文所说的"消沉""无志气"。"有志者事竟成"，无志者事不成。

不过，"有志者事竟成"一句话也很容易发生误解，"志"字有几种意义：一是念头或愿望（wish），一是起一个动作时所存的目的（purpose），一是达到目的的决心（will, determination）。譬如登山，先起登的念头，次要一步一步地走，而这走必步步以登为目的，路也许长，障碍也许多，须抱定决心，不达目的不止，然后登的愿望才可以实现，登的目的才可以达到。"有志者事竟成"的"志"，须包含这三种意义在内：第一要起念头，其次要认清目的和达到目的之方法，第三是抱必达目的之决心。很明显的，要事之成，其难不在起念头，而在目的的认识与达到目的之决心。

有些人误解立志只是起念头。一个小孩子说他将来要做大总统，一个乞丐说他成了大阔佬要砍他的仇人的脑袋。所谓"癞蛤蟆想吃天鹅肉"，完全不思量达到这种目的所必有的方法和步骤，要不抱定循这方法步骤去达到目的之决心，这只是狂妄，不能算是立志。世间有许多人不肯学乘除加减而想将来做算学的发明家，不学军事当兵打仗而想将来做大元帅东征西讨，不切实培养学问技术而想将来做革命家改造社会，都是犯这种狂妄的毛病。

如果以起念头为立志，有志者事竟不成之例甚多。愚公尽可移山，精卫尽可填海，而世间却实有不可能的事情。我们必须承认"不可能"的真实性。所谓"不可能"，就是俗语所谓"没有办法"，没有一个方法和步骤去达到所悬想的目的。没有认清方法和步骤而达到那个目的，那只是痴想而不是立志，志就是理想，而理想的理想必定是可实现的理想。理想普遍有两种意义，一是"可望而不可攀，可幻想而不可实现的完美"，比如许多宗教都以长生不老为人生理想，它成为理想，就因为事实上没有人长生不老。理想的另一意义是"一个问题的最完美的答案"，或是"可能范围以内的最圆满的解决困难的办法"。比如长生不老虽非人力所能达到，而强健却是人力所能达到。就人的能力范围来说，强健是一个合理的理想。这两种意义的分别在一个蔑视事实条件，一个顾到事实条件，一个渺茫无稽，一个有方法步骤可循。严格地说，前一种是幻想、痴想而不是理想，是理想都必顾到事实。在理想与事实起冲突时，错处不在事实而在理想。我们必须接受事实，理想与事实背驰时，我们应该改变理想。坚持一种不合理的理想而至死不变只是匹夫之勇，只是"猪武"。我特别看重这一点，因为有些道德家在盲目说坚持理想，许多人在盲目地听。

我们固然要立志，同时也要度德量力。卢梭在他的教育名著《爱弥儿》里有一段很透辟的话，大意是说人生幸福起于愿望和能力的平衡。一个人应该从幼时就学会在自己能力范围以内起愿望，想做自己所能做的事，也能做自己所想做的事。这番话出诸浪漫色彩很深的卢梭尤其值得我们回味。卢梭自己有时想入非非，因此吃过不少苦头，这番话实在是经验之谈。许多烦闷，许多失败，都起于想做自己所不能做的事，或是不能做自己想要做的事。

志气成就了许多人，志气也毁坏了许多人。既是志，实现必不在目前而在将来。许多人拿立志远大作借口，把目前应做的事延宕贻误。尤其是青年们欢喜在遥远的未来摆出一个黄金时代，把希望全寄托在那上面，终日沉醉在迷梦里，让目前宝贵的时光与机会错过，徒贻后日无穷之悔。我自己从前有机会学希腊文和意大利文时没有下手，买了许多文法读本，心想到四十岁左右时当有闲暇岁月，许我从容自在地自修这些重要的文字。现在四十过了几年了，看来这一生似不能与希腊文和意大利文有缘分了，那箱书籍也恐怕只有摆在那里霉烂了。这只是一例，我生平有许多事叫我追悔，大半都像这样"志在将来"而转眼即空空过去。"延"与"误"永是连在一起，而所谓"志"往往叫我们由"延"而"误"。所谓真正立志,不仅要接受现在的事实,尤其要抓住现在的机会。如果立志要做一件事,那件事的成功尽管在很远的将来,而那件事的发动必须就在目前一顷刻。想到应该做,马上就做,不然,就不必发下一个空头愿。发空头愿成了一个习惯,一个人就会永远在幻想中过活,成就不了任何事业,听说抽鸦片烟的人想头最多,意志力也最薄弱。老是在幻想中过活的人在精神方面颇类似烟鬼。

我在很早的一篇文章里提出我个人做人的信条,现在想起,觉得其中仍有可取之处,现在不妨趁此再提出供读者参考。我把我的信条叫作"三此主义",就是此身,此时,此地。一、此身应该做而且能够做的事,就得由此身担当起,不推诿给旁人。二、此时应该做而且能够做的事,就得在此时做,不拖延到未来。三、此地(我的地位、我的环境)应该做而且能够做的事,就得在此地做,不推诿到想象中的另一地位去做。

这是一个极现实的主义。本分人做本分事,脚踏实地,丝毫不带一点浪漫情调。我相信如果我们能够彻底地照着做,不至于很误事。西谚说得好:"手中的一只鸟,值得林中的两只鸟。"许多"有大志"者往往为着觊觎林中的两只鸟,让手中的一只鸟安然逃脱。

谈休息

在世界各民族中,我们中国人要算是最能刻苦耐劳的。第一是农人。他们日出而作,日入而息,不分阴晴冷暖,总是硬着头皮,流着血汗,忙个不休。一年之中,他们最多只能在过年过节时歇上三五天,你如果住在乡下,常看他们在炎天烈日下车水拔草,挑重担推重车上高坡,或是拉牵绳拖重载船上急滩,你对他们会起敬心也会起怜悯心,觉得他们虽然是人,却在做牛马的工作,过牛马的生活。读书人比较算是有闲阶级,但在未飞黄腾达以前,也要经过一番艰苦的奋斗。从前私塾学生从天亮到半夜,都有规定的课程,休息对于他们是一个稀奇的名词。小学生们只有在先生打瞌睡时偷耍一阵,万一先生不打瞌睡,就只有找借口逃学。从前读书人误会"自强不息"的意思,以为"不息"就是不要休息。十年不下楼、十年不窥园、囊萤刺股、发愤忘食之类的故事在读书人中传为美谈,奉为模范。近代学校教育比从前私塾教育似乎也并不轻松多少。从小学以至大学,功课都太繁重,每日除上六七小时课外还要看课本做练习。世界各国学校上课钟点之多，假期之短少，似没有比得上我们的。

这种刻苦耐劳的精神原可佩服，但是对于身心两方的修养却是极大的危害。最刻苦耐劳的是我们中国人，体格最羸弱而工作最不讲效率的也是我们中国人。这中间似不无密切关系。我们对于休息的重要性太缺乏彻底的认识了。它看来虽似小问题，却为全民族的生命力所关，不能不提出一谈。

自然界事物都有一个节奏。脉搏一起一伏，呼吸一进一出，筋肉一张一弛，以至日夜的更替，寒暑的来往，都有一个劳动和休息的道理在内。草木和虫豸在冬天要枯要眠，土壤耕种了几年之后须休息，连机器输电灯线也不能昼夜不息地工作。世间没有一件事物能在一个状态维持到久远的，生命就是变化，而变化都有一起一伏的节奏，跳高者为着要跳得高，先蹲着很低；演戏者为着造成一个紧张的局面，先来一个轻描淡写；用兵者守如处女，才能出如脱兔；唱歌者为着要拖长一个高音，先须深深地吸一口气。事例是不胜枚举的。世间固然有些事可以违拗自然去勉强，但是勉强也有它的限度。人的力量，无论是属于身或属于心的，到用过了限度时，必定是由疲劳而衰竭，由衰竭而毁灭。譬如弓弦，老是尽量地拉满不放松，结果必定是裂断。我们中国人的生活常像满引的弓弦，只图张的速效，不顾弛的蓄力，所以常在身心俱惫的状态中。这是政教当局所必须设法改善的。

一般人以为多延长工作的时间就可以多收些效果，比如说，一天能走一百里路，多走一天，就可以多走一百里路，如此天天走着不歇，无论走得多久，都可以维持一百里的速度。凡是走过长路的人都知道这算盘打得不很精确，走久了不歇，必定愈走愈慢，以至完全走不动。我们走路的秘诀，"不怕慢，只怕站"，实在只有片面的真理。永远站着固然不行，永远不站也不一定能走得远，不站就须得慢，慢有时延误事机；而偶尔站站却不至于慢，站后再走是加速度的唯一办法。我们中国人做事的通病就在怕站而不怕慢，慢条斯理地不死不活地往前挨，说不做而做着并没有歇，说做却并没有做出什么名色来。许多事就这样因循耽误了。我们只讲工作而不讲效率，在现代社会中，不讲效率，就要落后。西方各国都把效率看成一个迫切的问题，心理学家对这问题做了无数的实验，所得的结论是以同样时间去做同样工作，有休息的比没有休息的效率大得多。比如说，一长页的算学加法习题，继续不断地去做要费两点钟，如果先做五十分钟，继以二十分钟的休息，再做五十分钟，也还可以做完，时间上无损失而错误却较少。西方新式工厂大半都已应用这个原则去调节工作和休息的时间，结果工人的工作时间虽然少了，雇主的出品质量反而增加了。一般人以为休息是浪费时间，其实不休息的工作才真是浪费时间。此外还有精力的损耗更不经济。拿中国人与西方人相比，可工作的年龄至少有二十年的差别。我们到五六十岁就衰老无能为力，他们那时还正年富力强，事业刚开始，这分别有多大！

　　休息不仅为工作蓄力，而且有时工作必须在休息中酝酿成熟。法国大数学家潘嘉赉研究数学上的难题，苦思不得其解，后来跑到街上闲逛，原来费尽气力不能解决的难题却于无意中就轻轻易易地解决了。

据心理学家的解释，有意识作用的工作须得退到潜意识中酝酿一阵，才得着土生根。通常我们在放下一件工作之后，表面上似在休息，而实际上潜意识中那件工作在进行。詹姆斯有"夏天学溜冰，冬天学泅水"的比喻。溜冰本来是前冬练习的，今夏无冰可溜，自然就想不到溜冰，算是在休息，但是溜冰的筋肉技巧却恰巧此时凝固起来。泅水也是如此，一切学习都如此。比如我们学写字，用功甚勤，进步总是显得很慢，有时甚至越写越坏。但是如果停下一些时候再写，就猛然觉得字有进步。进步之后又停顿，停顿之后又进步，如此辗转多次，字才易写得好。习字需要停顿，也是因为要有时间让筋肉技巧在潜意识中酝酿凝固。习字如此，习其他技术也是如此。休息的工夫并不是白费的，它的成就往往比工作的成就更重要。

《佛说四十二章经》里有一段故事，戒人为学不宜操之过急，说得很好：

> 沙门夜诵迦叶佛教遗经，其声悲紧，思悔欲退。佛问之曰："汝昔在家，曾为何业？"对曰："爱弹琴。"佛言："弦缓如何？"对曰："不鸣矣。""弦急如何？"对曰："声绝矣。""急缓得中如何？"对曰："诸音普矣。"佛曰："沙门学道亦然。心若调适，道可得矣。于道若暴，暴即身疲；其身若疲，意即生恼；意若生恼，行即退矣。"

我国先儒如程朱诸子教人为学，亦常力戒急迫，主张"优游涵泳"。这四个字含有妙理，它所指的功夫是猛火煎后的慢火煨，紧张工作后的潜意识的酝酿。要"优游涵泳"，非有充分休息不可。大抵治学和治事，第一件要事是清明在躬，从容而灵活，常做得自家的主宰，提得起也放得下。急迫躁进最易误事。我有时写字或作文，在意兴不佳或微感倦怠时，手不应心，心里愈想好，而写出来的愈坏，在此时仍不肯丢下，带着几分气愤的念头勉强写下去，写成要不得就扯去，扯去重写仍是要不得，于是愈写愈烦躁，愈烦躁也就写得愈不像样。假如在发现神思不旺时立即丢开，在乡下散步，吸一口新鲜空气，看看蓝天绿水，陡然间心旷神怡，回头来再伏案做事，便觉精神百倍，本来做得很艰苦而不能成功的事，现在做起来却有手挥目送之乐，轻轻易易就做成了。不但作文写字如此，要想任何事做得好，做时必须精神饱满，工作成为乐事。一有倦怠或烦躁的意思，最好就把它搁下休息一会儿，让精神恢复后再来。

　　人须有生趣才能有生机。生趣是在生活中所领略的快乐，生机是生活发扬所需要的力量。诸葛武侯所谓"宁静以致远"就包含生趣和生机两个要素在内，宁静才能有丰富的生趣和生机，而没有充分休息做优游涵泳的工夫的人们绝难宁静。世间有许多过于辛苦的人，满身是尘劳，满腔是杂念，时时刻刻都为环境的需要所驱遣，如机械一般流转不息，自己做不得自己的主宰，呆板枯燥，没有一点人生之趣。这种人是环境压迫的牺牲者，没有力量抬起头来驾驭环境或征服环境，在事业和学问上都难有真正的大成就。我认识许多穷苦的农人、孜孜不辍的老学究和一天在办公室坐八小时的公务员，都令我起这种感想。

假如一个国家里都充满着这种人,我们很难想象出一个光明世界来。

基督教《圣经》叙述上帝创造世界的经过,于每段工作完成之后都赘上一段说:"上帝看看他所做的事,看,每一件都很好!"到了第七天,上帝把他的工作都完成了,就停下来休息,并且加福于这第七天,因为在这一天他能够休息。这段简单的文字很可耐人寻味。我们不但需要时间工作,尤其需要时间对于我们所做的事回头看一看,看出它很好;并且工作完成了,我们需要一天休息来恢复疲劳的精神,领略成功的快慰。这一天休息的日子是值得"加福的""神圣化的"(圣经里所用的字是 blessed and sanctified)。在现代紧张的生活中,我们"车如流水马如龙"地向前直滚,曾不留下一点时光做一番静观和回味,以至华严世相都在特别快车的窗子里滑了过去,而我们也只是轮回戏盘中的木人木马,有上帝的榜样在那里而我们不去学,岂不是浪费生命!

我生平最爱陶渊明在《自祭文》里所说的两句话:"勤靡余劳,心有常闲。"上句是尼采所说的狄俄尼索斯的精神,下句即是阿波罗的精神。动中有静,常保存自我主宰。这是修养的极境。人事算尽了,而神仙福分也就在尽人事中享着。现代人的毛病是"勤有余劳,心无偶闲"。这毛病不仅使生活索然寡味,身心俱惫,于事劳而无功,而且使人心地驳杂,缺乏冲和弘毅的气象,日日困于名缰利锁,叫整个世界日趋于干枯黑暗。但丁描写魔鬼在地狱中受酷刑,常特别着重"不停留"或"无间断"的字样。"不停留""无间断"自身就是一种惩罚,甘受这种惩罚的人们是甘愿人间成为地狱。上帝的子孙们,让我们跟着他的榜样,加福于我们工作之后休息的时光啊!

谈消遣

身和心的活动都有节奏的周期,这周期的长短随各人的体质和物质环境而有差异。在周期的限度之内,工作有它的效果,也有它的快慰。过了周期限度,工作就必产生疲劳,不但没有效果,而且成为痛苦。到了疲劳,就必定有休息,才能恢复工作的效果。这道理极浅,无用深谈。休息的方式甚多,最理想而亦最普遍的是睡眠。在睡眠中,生理的功能可以循极自然的节奏进行,各种筋肉仍在活动,却不需要紧张的注意力,也没有工作情境需要所加的压迫,它的动作是自由的、自然的、不费力气的、倾向弛懈的。一个人如果每天在工作疲劳之后能得到充分时间的熟睡,比任何养生家的秘诀都灵验。午睡尤其有效。午睡醒了,午后又变成清晨,一日之中就有了两度的朝气。西方有些小学里,时间表内有午睡的规定,那是很合理的。我国的理学家和各宗教家于睡眠之外练习静坐。静坐可以使心境空灵,生理功能得到人为的调节,功用有时比睡眠更大。但是初习静坐需要注意力的控制,有几分不自然，不易成为恒久的习惯，而且在近代生活状况之下，静坐的条件不易具备，所以它不能很普遍。

睡眠与静坐都不能算是完全的休息，因为许多生理的功能照旧在进行。严格地说，生物在未死以前决不能有完全的休息。有生气就必有活动，"活"与"动"是不可分的。劳而不息固然是苦，息而不劳尤其是苦。生机需要休养，也需要发泄。生机旺而不泄，像春天的草木萌芽被砖石压着，或是把压力推开，冲吐出来，或是变成拳曲黄瘦，失去自然的形态。心理学家已经很明白地指示出来：许多心理的毛病都起于生机不得正当的发泄。从一般生物的生活看，精力的发泄往往同时就是精力的蓄养。人当少壮时期，精力最弥满，需要发泄也就愈强烈，愈发泄，精力也就愈充足。一个生气蓬勃的人必定有多方的兴趣，在每方面的活动都比常人活跃，一个人到了可以索然枯坐而不感觉不安时，他必定是一个行将就木的病夫或老者。如果他们在健康状态中，需要活动而不得活动，他必定感到愁苦抑郁。人生最苦的事是疾病幽囚，因为在疾病幽囚中，他或是失去了精力，或是失去了发泄精力的自由。

精力的发泄有两种途径：一是正当工作，一是普通所谓消遣，包含各种游戏运动和娱乐在内。我们不能用全副精力去工作，因为同样的注意方向和同样的肌肉动作维持到相当的限度，必定产生疲劳，如上所述。人的身心构造是依据分工合作原理的。对于各种工作我们都有相当的一套机器，一种才能和一副精力，比如说，要看有眼，要听有耳，要走有脚，要思想有头脑。我们运用眼的时候，耳可以休息，运用脑的时候，脚可以休息。所以在专用眼之后改着去用耳，或是在专用脑之后改着去用脚，我们虽然仍旧在活动，所用以活动的只是耳或脚，眼或脑就可以得到休息了。这种让一部分精力休息而另一部分精力活动的办法在西文中叫作 diversion，可惜在中文里没有恰当的译名。这也足见我们没有注意到它的重要。它的意义是"转向"，工作方面的"换口味"，精力的侧出旁击。我们已经说过，生物不能有完全的休息，普通所谓休息，除睡眠以外，大半是 diversion，这种"换口味"的办法对于停止的活动是精力的蓄养，对于正在进行另一活动是精力的发泄。它好比打仗，一部分兵力上前线，另一部分兵力留在后面预备补充。全体的兵力都上了前线，难乎为继；全体的兵力都在后方按兵不动，过久也会疲劳无用，仗自然更打不起来。

更番瓜代仍是精力的最经济最合理的支配，无论是在军事方面或是在普通生活方面。更番瓜代有种种方式。普通人用脑的机会比较多，最好常在用脑之后做一番筋肉活动，如散步打球栽花做手工之类，一方面可以使脑得休息而恢复精力，一方面也可以破除同一工作的单调，不致发生厌闷。卢梭谈教育，主张学生多习手工，这不但因为手工有它的特殊的教育功效，也因为用手对于用脑是一种调节。大哲学家斯宾诺莎于研究哲学之外，操磨镜的职业，这固然是为着生活，实在也很合理，因为两种性质相差很远的工作互相更换，互为上文所说的 diversion，对于心身都有好影响。就生活理想说，劳心与劳力应该具备于一身，劳力的人绝对不劳心固然变成机械，劳心的人绝对不劳力也难免文弱干枯。现在劳心与劳力成为两种相对峙的阶级，这固然是历史与社会环境所造成的事实,但是我们应该不要忘记它并不甚合理。在可能范围之内,我们应该求心与力的活动能调节适中。我个人很羡慕中世纪欧洲僧院的生活,他们一方面诵经抄书画画而且做很精深的哲学研究,一方面种地砍柴酿酒织布。我尝想到我们的学校在这个经济凋敝之际为什么不想一个自给自足的办法,有系统有计划地采行半工半读制?这不仅是从经济着眼,就是从教育着眼,这也是一种当务之急。大部分学生来自田间,将来纵不全数回到田间,也要走进工厂或公务机关;如果在学校里只养成少爷小姐的心习,全不懂民生疾苦,他们绝难担负现时代的艰巨责任。当然,本文所说的劳心与劳力的调剂也是一个重要的理由。

不同性质的工作更番瓜代,固可以收到调剂和休息的效用,可是一个人不能时时刻刻都在工作,事实也没有这种需要,而且劳苦过度,工作也变成一种苦事,不能有很大的效率。我们有时须完全放弃工作,做一点无所为而为的活动,享受一点自由人的幸福。工作都有所为而为,带有实用目的;无所为而为,不带实用目的活动,都可以算作消遣。我们说"消遣",意谓"混去时光",含义实在不很好,西方人说"转向"(diversion),意谓"把精力朝另一方面去用",它和工作同称为occupation,比较可以见出消遣的用处。所谓occupation无恰当中文译词,似包含"占领"和"寄托"二义。在工作和消遣时,都有一件事物"占领"着我们的心,而我们的身心也就"寄托"在那一件事物里面。身心寄托在那里,精力也就发泄在那里。拉丁文有一句成语说:"自然厌恶空虚。"这句话近代科学仍奉为至理名言。在物理方面,真空固不易维持，一有空隙，就有物来占领；在心理方面，真空虽是一部分宗教家（如禅宗）的理想，在实际上也是反乎自然而为自然所厌恶。我们都不愿意生活中有空隙，都愿意有事物"占领"着身心，没有事做时须找事做，不愿做事时也不甘心闲着，必须找一点玩意儿来消遣，否则便觉得厌闷苦恼。闲惯了，闷惯了，人就变干枯无生气。

消遣就是娱乐，无可消遣当然就是苦闷。世间欢喜消遣的人，无论他们的嗜好如何不同，都有一个共同点，就是他们必都有强旺的生活力，运动家和艺术家如此，嫖客赌徒乃至于烟鬼也是如此。他们的生活力强旺，发泄的需要也就跟着急迫。他们所不同者只在发泄的方式。这有如大水，可以灌田、发电或推动机器，也可以泛滥横流，淹毙人畜草木。同是强旺的生活力，用在运动可以健身，用在艺术可以怡情养性，用在吃喝嫖赌就可以劳民伤财，为非作歹。"浪子回头金不换"，也就是这个道理。所以消遣看来虽似末节，却与民族性格国家风纪都有密切关系。一个民族兴盛时有一种消遣方式，颓废时又有另一种消遣方式。古希腊罗马在强盛时，人民都喜欢运动、看戏、参加集会，到颓废时才有些骄奢淫逸的玩意儿如玩娈童、看人兽斗之类。近代条顿民族多喜欢户外运动，而拉丁民族则多消磨时光于咖啡馆或跳舞厅。我国古代民族娱乐花样本极多，如音乐、跳舞、驰马、试剑、打猎、钓鱼、斗鸡、走狗等含有艺术意味或运动意味。后来士大夫阶级偏嗜琴棋书画，虽仍高雅，已微嫌侧重艺术，带有几分"颓废"色彩。近来"民族形式"的消遣似已只有打麻将、坐茶馆、吃馆子、逛窑子几种。对于这些玩意儿不感兴趣的人们除着做苦工之外，就只有索然枯坐，不能在生活中领略到一点乐趣。我经过几个大学和中学，看见大部分教员和学生终年没有一点消遣，大家都喊着苦闷，可是大家都不肯出点力把生活略加改善，提倡一些高级趣味的娱乐来排遣闲散时光。从消遣一点看，我们可以窥见民族生命力的降低。这是一个很危险的现象。它的原因在一般人不明了消遣的功用，把它太看轻了。

其实这事并不能看轻。柏拉图计划理想国的政治，主张消遣娱乐都由国法规定。儒家标六艺之教，其中礼乐射御四项都带有消遣娱乐意味，只书数两项才是工作。孔子谈修养，"居于仁"，之后即继以"游于艺"，这足见中西哲人都把消遣娱乐看得很重，梁任公先生有一文讲演消遣，可惜原文不在手边，记得大意是反对消遣浪费时光。他大概有见于近来我国一般消遣方式趣味太低级。但我们不能因噎废食。精力必须发泄，不发泄于有益身心的运动和艺术，便须发泄于有害身心的打牌、抽烟、喝酒、逛窑子。我们要禁绝有害身心的消遣方式，必须先提倡有益于身心的消遣方式。比如水势须决堤泛滥，你不愿它决诸东方，就必须让它决诸西方，这是有心政治与教育的人们所应趁早注意设法的。要复兴民族，固然有许多大事要做，可是改善民众消遣娱乐，也未见得就是小事。

伍

灵魂在杰作中的冒险

在微尘中见出大千,在刹那中见出终古

无言之美

孔子有一天突然很高兴地对他的学生说:"予欲无言。"子贡就接着问他:"子如不言,则小子何述焉?"孔子说:"天何言哉?四时行焉,百物生焉。天何言哉?"

这段赞美无言的话,本来从教育方面着想。但是要明了无言的意蕴,宜从美术观点去研究。

言所以达意,然而意绝不是完全可以言达的。因为言是固定的,有迹象的;意是瞬息万变、缥缈无踪的。言是散碎的,意是混整的。言是有限的,意是无限的。以言达意,好像用断续的虚线画实物,只能得其近似。

所谓文学,就是以言达意的一种美术。在文学作品中,语言之先的意象,和情绪意旨所附丽的语言,都要尽美尽善,才能引起美感。

尽美尽善的条件很多。但是第一要不违背美术的基本原理,要"和自然逼真"(true to nature)。这句话讲得通俗一点,就是说美术作品不能说谎。不说谎包含有两种意义：一、我们所说的话，就恰似我们所想说的话。二、我们所想说的话，我们都吐肚子说出来了，毫无余蕴。

意既不可以完全达之以言，"和自然逼真"一个条件在文学上不是做不到吗？或者我们问得再直截一点，假使语言文字能够完全传达情意，假使笔之于书的和存之于心的铢两悉称，丝毫不爽，这是不是文学上所应希求的一件事？

这个问题是了解文学及其他美术所必须回答的。现在我们姑且答道：文字语言固然不能全部传达情绪意旨，假使能够，也并非文学所应希求的。一切美术作品也都是这样，尽量表现，非唯不能，而也不必。

先从事实下手研究。譬如有一个荒村或任何物体，摄影家把它照一幅相，美术家把它画一幅画。这种相片和图画可以从两个观点去比较：第一，相片或图画，哪一个较"和自然逼真"？不消说得，在同一视阈以内的东西，相片都可以包罗尽致，并且体积比例和实物都两两相称，不会有丝毫错误。图画就不然，美术家对一种境遇，未表现之先，先加一番选择。选择定的材料还须经过一番理想化，把美术家的人格参加进去，然后表现出来。所表现的只是实物一部分，就连这一部分也不必和实物完全一致。所以图画绝不能如相片一样"和自然逼真"。第二，我们再问，相片和图画所引起的美感哪一个浓厚，所发生的印象哪一个深刻？这也不消说，稍有美术口味的人都觉得图画比相片美得多。

文学作品也是同样。譬如《论语》，"子在川上曰：'逝者如斯夫，不舍昼夜！'"几句话绝没完全描写出孔子说这番话时候的心境，而"如斯夫"三字更笼统，没有把当时的流水形容尽致。如果说详细一点，孔子也许这样说："河水滚滚地流去，日夜都是这样，没有一刻停止。世界上一切事物不都像这流水时常变化不尽吗？过去的事物不就永远过去绝不回头吗？我看见这流水心中好不惨伤呀！……"但是纵使这样说去，还没有尽意。而比较起来，"逝者如斯夫，不舍昼夜"九个字比这段长而臭的演义就值得玩味多了！在上等文学作品中——尤其在诗词中——这种言不尽意的例子处处都可以看见。譬如陶渊明的《时运》，"有风自南，翼彼新苗"；《读〈山海经〉》，"微雨从东来，好风与之俱"；本来没有表现出诗人的情绪，然而玩味起来，自觉有一种闲情逸致，令人心旷神怡。钱起的《省试湘灵鼓瑟》末二句，"曲终人不见，江上数峰青"，也没有说出诗人的心绪，然而一种凄凉惜别的神情自然流露于言语之外。此外像陈子昂的《登幽州台歌》："前不见古人，后不见来者，念天地之悠悠，独怆然而涕下！"李白的《怨情》："美人卷珠帘，深坐颦蛾眉。但见泪痕湿，不知心恨谁。"虽然说明了诗人的情感，而所说出来的多么简单，所含蓄的多么深远？再就写景说，无论何种境遇，要描写得惟妙惟肖，都要费许多笔墨。但是大手笔只选择两三件事轻描淡写一下，完全境遇便呈露眼前，栩栩如生。譬如陶渊明的《归园田居》："方宅十余亩，草屋八九间。榆柳荫后檐，桃李罗堂前。暧暧远人村，依依墟里烟。狗吠深巷中，鸡鸣桑树颠。"四十字把乡村风景描写得多么真切！再如杜工部的《后出塞》：

"落日照大旗,马鸣风萧萧。平沙列万幕,部伍各见招。中天悬明月,令严夜寂寥。悲笳数声动,壮士惨不骄。"寥寥几句话,把月夜沙场状况写得多么有声有色,然而仔细观察起来,乡村景物还有多少为陶渊明所未提及、战地情况还有多少为杜工部所未提及。从此可知文学上我们并不以尽量表现为难能可贵。

在音乐里面,我们也有这种感想,凡是唱歌奏乐,音调由洪壮急促而变到低微以至于无声的时候,我们精神上就有一种沉默肃穆和平愉快的景象。白香山在《琵琶行》里形容琵琶声音暂时停顿的情况说:"冰泉冷涩弦凝绝,凝绝不通声暂歇。别有幽愁暗恨生,此时无声胜有声。"这就是形容音乐上无言之美的滋味。著名英国诗人济慈(Keats)在《希腊花瓶歌》也说,"听得见的声调固然幽美,听不见的声调尤其幽美"(Heard melodies are sweet; but those unheard are sweeter),也是说同样道理。大概喜欢音乐的人都尝过此中滋味。

就戏剧说,无言之美更容易看出。许多作品往往在热闹场中动作快到极重要的一点时,忽然万籁俱寂,现出一种沉默神秘的景象。梅特林克(Maeterlinck)的作品就是好例。譬如《青鸟》的布景,择夜阑人静的时候,使重要角色睡得很长久,就是利用无言之美的道理。梅氏并且说:"口开则灵魂之门闭,口闭则灵魂之门开。"赞无言之美的话不能比此更透辟了。莎士比亚的名著《哈姆雷特》一剧开幕便描写更夫守夜的状况,德林瓦特(Drinkwater)在其《林肯》中描写林肯在南北战争军事旁午的时候跪着默祷,王尔德(O. Wilde)的《温德梅尔夫人的扇子》里面描写温德梅尔夫人私奔在她的情人寓所等候的状况，都在兴酣局紧，心悬悬渴望结局时，放出沉默神秘的色彩，都足以证明无言之美的。近代又有一种哑剧和静的布景，或只有动作而无言语，或连动作也没有，就将靠无言之美引人入胜了。

雕刻塑像本来是无言的，也可以拿来说明无言之美。所谓无言，不一定指不说话，是注重在含蓄不露。雕刻以静体传神，有些是流露的，有些是含蓄的。这种分别在眼睛上尤其容易看见。中国有一句谚语说，"金刚怒目，不如菩萨低眉"，所谓怒目，便是流露；所谓低眉，便是含蓄。凡看低头闭目的神像，所生的印象往往特别深刻。最有趣的就是西洋爱神的雕刻，她们男女都是瞎了眼睛。这固然根据希腊的神话，然而实在含有美术的道理，因为爱情通常都在眉目间流露，而流露爱情的眉目是最难比拟的。所以索性雕成盲目，可以耐人寻思。当初雕刻家原不必有意为此，但这些也许是人类不用意识而自然碰的巧。

要说明雕刻上流露和含蓄的分别，希腊著名雕刻《拉奥孔》（*Laocoon*）是最好的例子。相传拉奥孔犯了大罪，天神用了一种极残酷的刑法来惩罚他，遣了一条恶蛇把他和他的两个儿子在一块绞死了。在这种极刑之下，未死之前当然有一种悲伤惨戚目不忍睹的一顷刻，而希腊雕刻家并不擒住这一顷刻来表现，他只把将达苦痛极点前一顷刻的神情雕刻出来，所以他所表现的悲哀是含蓄不露的。倘若是流露的，一定带了挣扎呼号的样子。这个雕刻，一眼看去，只觉得他们父子三人都有一种难言之恫；仔细看去，便可发见条条筋肉、根根毛孔都暗示一种极苦痛的神情。德国莱辛(Lessing)的名著《拉奥孔》就根据这个雕刻，讨论美术上含蓄的道理。

　　以上是从各种艺术中信手拈来的几个实例。把这些个别的实例归纳在一起，我们可以得一个公例，就是：拿美术来表现思想和情感，与其尽量流露，不如稍有含蓄；与其吐肚子把一切都说出来，不如留一大部分让欣赏者自己去领会。因为在欣赏者的头脑里所生的印象和美感，有含蓄比较尽量流露的还要更加深刻。换句话说，说出来的越少，留着不说的越多，所引起的美感就越大越深越真切。

　　这个公例不过是许多事实的总结束。现在我们要进一步求出解释这个公例的理由。我们要问何以说得越少，引起的美感反而越深刻？何以无言之美有如许势力？

　　想答复这个问题，先要明白美术的使命。人类何以有美术的要求？这个问题本非一言可尽。现在我们姑且说，美术是帮助我们超现实而求安慰于理想境界的。人类的意志可向两方面发展：一是现实界，一是理想界。不过现实界有时受我们的意志支配，有时不受我们的意志支配。譬如我们想造一所房屋，这是一种意志。要达到这个意志，必费许多力气去征服现实，要开荒辟地，要造砖瓦，要架梁柱，要赚钱去请泥水匠。这些事都是人力可以办到的，都是可以用意志支配的。但是现实界凡物皆向他心下坠一条定律，就不可以用意志征服。所以意志在现实界活动，处处遇障碍，处处受限制，不能圆满地达到目的，实际上我们的意志十之八九都要受现实限制，不能自由发展。譬如谁不想有美满的家庭？谁不想住在极乐园？然而在现实界绝没有所谓极乐美满的东西存在。因此我们的意志就不能不和现实发生冲突。

一般人遇到意志和现实发生冲突的时候，大半让现实征服了意志，走到悲观烦闷的路上去，以为件件事都不如人意，人生还有什么意味？所以堕落、自杀、逃空门种种的消极的解决法就乘虚而入了，不过这种消极的人生观不是解决意志和现实冲突最好的方法。因为我们人类生来不是懦弱者，而这种消极的人生观甘心让现实把意志征服了，是一种极懦弱的表示。

然则此外还有较好的解决法吗？有的，就是我所谓超现实。我们处世有两种态度，人力所能做到的时候，我们竭力征服现实。人力无可奈何的时候，我们就要暂时超脱现实，储蓄精力待将来再向他方面征服现实。超脱到哪里去呢？超脱到理想界去。现实界处处有障碍有限制，理想界是天高任鸟飞，极空阔、极自由的。现实界不可以造空中楼阁，理想界是可以造空中楼阁的。现实界没有尽美尽善，理想界是有尽美尽善的。

姑取实例来说明。我们走到小城市里去，看见街道窄狭污浊，处处都是阴沟厕所，当然感觉不快，而意志立时就要表示态度。如果意志要征服这种现实哩，我们就要把这种街道房屋一律拆毁，另造宽大的马路和清洁的房屋。但是谈何容易？物质上发生种种障碍，这一层就不一定可以做到。意志在此时如何对付呢？他说，我要超脱现实，去在理想界造成理想的街道房屋来，把它表现在图画上，表现在雕刻上，表现在诗文上。于是结果有所谓美术作品。美术家成了一件作品，自己觉得有创造的大力，当然快乐已极。旁人看见这种作品，觉得它真美丽，于是也愉快起来了，这就是所谓美感。

因此美术家的生活就是超现实的生活；美术作品就是帮助我们超脱现实到理想界去求安慰的。换句话说，我们有美术的要求，就因为现实界待遇我们太刻薄，不肯让我们的意志推行无碍，于是我们的意志就跑到理想界去求慰情的路径。美术作品之所以美，就美在它能够给我们很好的理想境界。所以我们可以说，美术作品的价值高低就看它超现实的程度大小，就看它所创造的理想世界是阔大还是窄狭。

但是美术又不是完全可以和现实界绝缘的。它所用的工具——例如雕刻用的石头，图画用的颜色，诗文用的语言——都是在现实界取来的。它所用的材料——例如人物情状悲欢离合——也是现实界的产物。所以美术可以说是以毒攻毒，利用现实的帮助以超脱现实的苦恼。上面我们说过，美术作品的价值高低要看它超脱现实的程度如何。这句话应稍加改正，我们应该说，美术作品的价值高低，就看它能否借极少量的现实界的帮助，创造极大量的理想世界出来。

在实际上说，美术作品借现实界的帮助愈少，所创造的理想世界也因而愈大。再拿相片和图画来说明。何以相片所引起的美感不如图画呢？因为相片上一形一影，件件都是真实的，而且应有尽有，发泄无遗。我们看相片，种种形影好像钉子把我们的想象力都钉死了。看到相片，好像看到二五，就只能想到一十，不能想到其他数目。换句话说，相片把事物看得忒真，没有给我们以想象余地。所以相片，只能抄写现实界，不能创造理想界。图画就不然。图画家用美术眼光，加一番选择的功夫，在一个完全境遇中选择了一小部事物，把它们又经过一番理想化，然后才表现出来。唯其留着一大部分不表现，欣赏者的想象力才有用武之地。想象作用的结果就是一个理想世界。所以图画所表现的现实世界虽极小而创造的理想世界则极大。孔子谈教育说："举一隅不以三隅反，则不复也。"相片是把四隅通举出来了，不要你劳力去"复"。图画就只举一隅，叫欣赏者加一番想象，然后"以三隅反"。

流行语中有一句说："言有尽而意无穷。"无穷之意达之以有尽之言，所以有许多意，尽在不言中。文学之所以美，不仅在有尽之言，而尤在无穷之意。推广地说，美术作品之所以美，不是只美在已表现的一部分，尤其是美在未表现而含蓄无穷的一大部分，这就是本文所谓无言之美。

因此美术要和自然逼真一个信条应该这样解释：和自然逼真是要窥出自然的精髓所在，而表现出来；不是说要把自然当作一篇印版文字，很机械地抄写下来。

这里有一个问题会发生。假使我们欣赏美术作品，要注重在未表现而含蓄着的一部分，要超"言"而求"言外意"，各个人有各个人的见解，所得的言外意不是难免殊异吗？当然，美术作品之所以美，就美在有弹性，能拉得长，能缩得短。有弹性所以不呆板。同一美术作品，你去玩味有你的趣味，我去玩味有我的趣味。譬如莎氏乐府所以在艺术上占极高位置，就因为各种阶级的人在不同的环境中都欢喜读他。有弹性所以不陈腐。同一美术作品，今天玩味有今天的趣味，明天玩味有明天的趣味。凡是经不得时代淘汰的作品都不是上乘。上乘文学作品，百读都令人不厌的。

就文学说，诗词比散文的弹性大；换句话说，诗词比散文所含的无言之美更丰富。散文是尽量流露的，愈发挥尽致，愈见其妙。诗词是要含蓄暗示，若即若离，才能引人入胜。现在一般研究文学的人都偏重散文——尤其是小说，对于诗词很疏忽。这件事实可以证明一般人文学欣赏力很薄弱。现在如果要提高文学，必先提高文学欣赏力，要提高文学欣赏力，必先在诗词方面特下功夫，把鉴赏无言之美的能力养得很敏捷。因此我很希望文学创作者在诗词方面多努力，而学校国文课程中诗歌应该占一个重要的位置。

本文论无言之美，只就美术一方面着眼。其实这个道理在伦理、哲学、教育、宗教及实际生活各方面，都不难发现。老子《道德经》开卷便说："道可道，非常道；名可名，非常名。"这就是说伦理哲学中有无言之美。儒家谈教育，大半主张潜移默化，所以拿时雨春风做比喻。佛教及其他宗教之能深入人心，也是借沉默神秘的势力。幼稚园创造者蒙台梭利利用无言之美的办法尤其有趣。在她的幼稚园里，教师每天趁儿童玩得很热闹的时候，猛然地在粉板上写一个"静"字，或奏一声琴。全体儿童于是都跑到自己的座位去，闭着眼睛蒙着头伏案假睡的姿势，但是他们不可睡着。几分钟后，教师又用很轻微的声音，从颇远的地方呼唤各个儿童的名字。听见名字的就要立刻醒来。这就是使儿童可以在沉默中领略无言之美。

就实际生活方面说，世间最深切的莫如男女爱情。爱情摆在肚子里面比摆在口头上来得恳切。"齐心同所愿，含意俱未伸"和"更无言语空相觑"，比较"细语温存""怜我怜卿"的滋味还要更加甜蜜。英国诗人布莱克(Blake)有一首诗叫作《爱情之秘》(*Love's Secret*)里面说：

（一）

切莫告诉你的爱情，

爱情是永远不可以告诉的，

因为她像微风一样，

不作声不作气地吹着。

（二）

我曾经把我的爱情告诉而又告诉，

我把一切都披肝沥胆地告诉爱人了，

打着寒战，竖头发地告诉，

然而她终于离我去了！

（三）

她离我去了，

不多时一个过客来了。

不作声不作气地，只微叹一声，

便把她带去了。

这首短诗描写爱情上无言之美的势力，可谓透辟已极了。本来爱情完全是一种心灵的感应，其深刻处是老子所谓不可道不可名的。所以许多诗人以为"爱情"两个字本身就太滥太寻常太乏味，不能拿来写照男女间神圣深挚的情绪。

其实何止爱情？世间有许多奥妙，人心有许多灵悟，都非言语可以传达，一经言语道破，反如甘蔗渣滓，索然无味。这个道理还可以推到宇宙人生诸问题方面去。我们所居的世界是最完美的，就因为它是最不完美的。这话表面看去，不通已极。但是实在含有至理。假如世界是完美的，人类所过的生活——比好一点，是神仙的生活，比坏一点，就是猪的生活——便呆板单调已极，因为倘若件件都尽美尽善了，自然没有希望发生，更没有努力奋斗的必要。人生最可乐的就是活动所生的感觉，就是奋斗成功而得的快慰。世界既完美，我们如何能尝创造成功的快慰？这个世界之所以美满，就在有缺陷，就在有希望的机会，有想象的田地。换句话说，世界有缺陷，可能性（potentiality）才大。这种可能而未能的状况就是无言之美。世间有许多奥妙，要留着不说出；世间有许多理想，也应该留着不实现。因为实现以后，跟着"我知道了！"的快慰便是"原来不过如是！"的失望。

天上的云霞有多么美丽！风涛虫鸟声息有多么和谐！用颜色来摹绘，用金石丝竹来比拟，任何美术家也是作践天籁，糟蹋自然！无言之美何限？让我这种拙手来写照，已是糟粕枯骸！这种罪过我要完全承认的。倘若有人骂我胡言乱道，我也只好引陶渊明的诗回答他说："此中有真意，欲辩已忘言！"

1924年仲冬于上虞白马湖

诗的无限

诗本是以言达意,言足达意,意尽于言,那就应该已尽了诗的能事;而历来论诗者却主张诗要"意在言外""言有尽而意无穷""有弦外之音"。这里有几个问题。第一,意既借言而达,所谓"言外之意"当然不是言所达出的,它从何而来?第二,"修辞立其诚",所谓"言外之意"是"言在此而意在彼",这岂不近于说谎?第三,意既可见于"言外",而岂不是有一种意无须借言来达,而且言的达意功用是有限度的,这就是说,言往往不能达意?第四,言中之意与言外之意的界限究竟如何?如有界限,那界限如何制定?如无界限,则言外之意固不能据言确定,即言中之意也就有伸缩性了。把这看法推到逻辑的结论,语言的达意功用不但是有限度的,而且是无凭准的。

这些问题的背后的基本问题是:什么叫作"达"?孔子说,"辞达而已矣",这话说得一点也不错,可是"达"的意义究竟如何?就言者说,达是"表达",把心中要说的意思都恰如其分地表达出来了,可以"达到"读者；就读者说，达是"通达"，看到语言，恰如其分地了解言者的意思，这也就是"达到"作者的意思。普通说一首诗"意在言外"，如果没有那首诗，那"言外之意"还是不可得，所以那"言外之意"还是借言传达出的，这就无异于说，它毕竟还是"言中之意"。

但是"言有尽而意无穷"仍是一个人人都要承认的事实。这话与"言外之意毕竟是言中之意"显然互相矛盾。要了解这矛盾所由起，我们才能了解诗与科学或哲学的分别，也才能了解诗的本质。问题还是在"达"字的意义，大约说来，"达"有两种，如果拿数学术语来说，一种"达"只有"常数"（constant），一种"达"含有"变数"（variable），只有常数的"达"，言者与读者所了解的意思有一部分叠合（即所谓"言中之意"），有一部分参差（即所谓"言外之意"），其所以参差的原因在言与读者的资禀经验修养的不同。姑举下列两种语言为例来说明：

一、2+2=4。

二、山气日夕佳，飞鸟相与还。

在"一"那个数学等式里，言恰达意，意尽于言，任何人不了解这个等式则已，若了解则所了解的必完全相同，少了解一分或多了解一分都是不可能的，那就无所谓"言外之意"。在"二"陶潜的诗句里，有一部分也几如数学等式，那就是字面的意义（"言中之意"），这两句话所指的客观事实；此外还有一个更重要的部分就是"变数"，随各个了解者的资禀经验修养（这些统而言之就是"人格"）而变，有些人可以见得浅一点，有些人可以见得深一点，这可变的就是"言外之意"。

这个分别就语句的功用而言，是陈述（state）与暗示（suggest）的分别。陈述如射箭，中的为止；箭头恰对准鹄的，一点也不能支离；暗示如点燃火引，星星之火，可以燎原，引燃的火的大小一要看燃料的多寡，二要看情境的顺逆。陈述的语句贵精确，有一分就说一分，说一分就了解一分，言者与读者之中不能有些微差异，有差异就不算"达"；暗示的语句贵有含蓄，有三分可以只说一分，而读者应该能"举一反三"，弦外不生余响，那仍然是不"达"。

就语句的所表对象而言，就是理与情的分别。理是走直线的，直截了当，一往无余，所以说理文贵明白晓畅，迂回或重复都是毛病；情是走曲线的，低回往复，不能自已，所以抒情文贵含蓄，情致愈深而语文也就愈缠绵委婉，直率无余味就难免肤浅。凡是诗都有几分惊奇的意识（sense of wonder），情感的流露都有几分惊赞的语气，所以古人有"一唱三叹"之说，它像音乐，必有回声余韵。

就读者的心理作用而言，这是知（know）与感（feel）的分别。懂得一个道理须凭理智。这种懂只是"知"或领会意义；懂得一种情致须凭情感，这种懂只领会意义还不够，必须亲领身受那一种情致，懂得悲要自己实在悲，懂得喜要自己实在喜，这都要伴有悲喜实际所生的心理与生理的变化。可"知"者大半可以言传，可"感"者大半只能以意会。比如上引陶潜的"山气日夕佳，飞鸟相与还"两句诗，就字义说本很简单，问识字的人"你懂得吗"，他都可以回答"懂得"，再追问他"懂得什么"，他或是解释字义，把天气好、鸟飞还当作一件与人漫不相干的事叙述一番；或是形容这景象在他的心中所引起的反应，他觉得全宇宙中有一种和谐，他觉得安静肃穆，怡然自得。前者只是"知"，后者才是"感"。"感"人人不同，因为人格的深浅不同。"感"都是一个变数，即所谓"言外之意"。

一般人把一首写或印的诗的文字符号叫作诗，以为它是一成不变的，无论有没有人欣赏它，都一样地是"诗"。这是一个必须纠正的误解。一首写或印的诗，就它的文字符号而言，只是一种物质的痕迹，对于不识字的人不能算诗，对于识字而不能感到文字后面情味的人也还不能算诗。一首诗对于一个人如果是诗，必须在他的心中起诗的作用，能引起他的"知"与"感"。他必须能欣赏，而欣赏必须在想象中"再造"（recreate），诗人所写的境界，再在诗人所传出的情味中生活一番。所以严格地说，诗只存在于创造与欣赏的心灵活动中。欣赏也不是被动地接受，它是再造，所以仍有几分是创造。创造或欣赏的心理活动如果不存在，诗也就不存在。有这种心理活动，意象情感与语文才综合成为一个完整有生命的形体，产生"知"与"感"的作用。

创造与欣赏都必有综合的想象，它们的不同在凭借：创造所凭借的是人生世相中某一情境的直接的领悟，欣赏所凭借的是诗人所用为媒介的语文，由此借助于自己对于人生世相的固有的了解，间接地达到那个情境的领悟。人人都有几分是诗人，所以诗的感受不限于作诗者那一个阶级的人们。但是能欣赏诗者不一定能创作诗。能创作诗者比我们一般人究竟要高一着,他的感觉比较锐敏,想象比较丰富,情感比较深挚,能见到我们所不能见到的,感到我们所不能感到的。他把所见所感表达出来了,我们因而学会见到他的所见,感到他的所感。在这见与感上我们把自己提升到诗人的地位。因为这个道理,诗不但展开视野,扩大人生的领域,而且也提高心灵的水准。我虽非陶潜或莎士比亚,我能欣赏他们的作品,也就跟着他们见到许多自己无凭借即不能见到的境界,达到自己无凭借即不能达到的胸襟气度;至少是在欣赏的霎时,我在心灵方面逼近陶潜或莎士比亚。

我说"逼近",因为完全的"同一"或"叠合"是不可能的。不但我与诗人不能完全同一,即诗人与他自己,我与我自己,在两个不同的时会,对于大致相同的情境,所见所感的也不能完全同一。原因在生命生生不息,世间绝没有两个完全相同的情境,也绝没有先后完全相同的自我。欣赏一首诗既然就是再造一首诗,每次再造既然要凭当前情境和自我的性格经验,而这两个成分既然都随时变化,每次所再造的诗就各是一首新诗。生命永不会复演,艺术的境界也就永不会复演。大同之中必有小异,诗于"常数"之外必有一个"变数"。这就无异于说,一首诗作成之后,并非一成不变,它在不断的流传与欣赏中,有随时生长的生命。同是一首诗,作者与读者各时所见所感不能相同;正如同是一片自然风景对于不同观众在不同的时会可以引起不同的意象与心情。

因为这个道理,诗可以测量性质的宽度以及人生了解的深度。欣赏诗如欣赏一切其他艺术,不能纯然是被动的接受,有所取即必有所与，所取者诗的言中之意，所与者自己的胸襟学问，内外凑合，才成为自己所了解的那首诗，才使诗有言外之意。《世说新语》中有一条记载：

> 谢公因子弟集聚（安）问："《毛诗》何句最佳？"遏（谢玄字）称曰："昔我往矣，杨柳依依；今我来思，雨雪霏霏。"公曰："訏谟定命，远猷辰告。"谓此句、偏有雅人深致。

这里两人所好不同，正因为性格不同。谢玄是翩翩佳公子，对于时序景物的变迁特别有敏感；谢安是当朝宰辅，对那老成谋国的风度特别表同情。谢玄在"杨柳依依"中所见到的比谢安的要多一点。所多的那一点就是各人的"所与"，各人性格的返照，也就是诗的"言外之意"。

从此我们可以明白诗以有限寓无限的道理。有限者言中之意，无限者言外之意；有限者常数，无限者变数；有限者诗的有形的迹象，无限者诗的随时生长的生命。一首诗的可能的意义往往是诗人自己所不能预料到的。《论语》中有一条记载：

> 子夏问曰："'巧笑倩兮，美目盼兮，素以为绚兮。'何谓也？"子曰："绘事后素。"曰："礼后乎？"子曰："起予者商也！始可与言《诗》已矣。"

用"绘事后素"解"素以为绚兮",还可以算"言中之意";用"礼后"解"素以为绚兮"绝非诗人的本意,诗人的本意只在形容一个美人,而孔子却赞许子夏开导了他,可与言诗,正因为子夏能拿诗中"绘事后素"的意思印证他自己的"礼后于质"的见解,所谓"举一隅以三隅反",正是得到诗中"言外之意"。诗的了解都是种"心心相印"。诗人所表现的是一个心,读者所拿来了解诗的又是一个心,两个心在某一个情趣或意旨上突然相遇,默默相契,于是就成为读者所"再造的"那一首诗。姑再举辛稼轩的两句词为例来说明这个道理:

众里寻他千百度,蓦然回首,那人却在,灯火阑珊处。

这本是写寻人不遇,突然在最容易看见的地方看见了他,仍是一种情诗。王国维先生在《人间词话》里说古今成大学问大事业者须经过三种境界,而最高境界如此,意盖指"一旦豁然贯通";熊十力先生说哲人明心见性的过程如此,意盖谓"道在迩,而求诸远"。这两说都非辛词的本意,而辛词在这两位学者的心中触动了灵机,引生了这两层意义,虽非本意,却仍不失其为妙语。这两句词还可能在许多资禀修养不同的人们的心中引生许多其他不同的意义。这就是所谓"以有限寓无限"。

诗不只是寓言,却可能是无数灵机的触动者。诗不能只是"比""兴"或"赋",却必同是三义的混合。凡诗都必有所赋(必有一个情景),而所赋的都必可以连类而及(由此见彼,由有限见无限),

所以都必有"比"与"兴"。诗的深浅高低也就于此见出。言愈有尽而意愈无穷的,诗的意味愈深永,价值也就愈高。伟大的诗像哲学家莱布尼茨所想象的"原子"(monad),以微尘反映大千宇宙。

"读书破万卷，下笔如有神"

——天才与灵感

知道格律和模仿对于创造的关系，我们就可以知道天才和人力的关系了。

生来死去的人何止恒河沙数？真正的大诗人和大艺术家是在一口气里就可以数得完的。何以同是人，有的能创造，有的不能创造呢？在一般人看，这全是由于天才的厚薄。他们以为艺术全是天才的表现，于是天才成为懒人的借口。聪明人说，我有天才，有天才何事不可为？用不着去下功夫。迟钝人说，我没有艺术的天才，就是下功夫也无益。于是艺术方面就无学问可谈了。

"天才"究竟是怎么一回事呢？

它自然有一部分得诸遗传。有许多学者常欢喜替大创造家和大发明家理家谱，说莫扎特有几代祖宗会音乐，达尔文的祖父也是生物学家，曹操一家出了几个诗人。这种证据固然有相当的价值，但是它绝不能完全解释天才。同父母的兄弟贤愚往往相差很远。曹操的祖宗有什么大成就呢？曹操的后裔又有什么大成就呢？

天才自然也有一部分成于环境。假令莫扎特生在音阶简单、乐器拙陋的蒙昧民族中，也绝不能作出许多复音的交响曲。"社会的遗产"是不可蔑视的。文艺批评家常欢喜说，伟大的人物都是他们的时代的骄子，艺术是时代和环境的产品。这话也有不尽然。同是一个时代而成就却往往不同。英国在产生莎士比亚的时代和西班牙是一般隆盛，而当时西班牙并没有产生伟大的作者。伟大的时代不一定能产生伟大的艺术。美国的独立，法国的大革命在近代都是极重大的事件，而当时艺术却卑卑不足高论。伟大的艺术也不必有伟大的时代做背景，席勒和歌德的时代，德国还是一个没有统一的纷乱的国家。

我承认遗传和环境的影响非常重大，但是我相信它们都不能完全解释天才。在固定的遗传和环境之下，个人还有努力的余地。遗传和环境对于人只是一个机会，一种本钱，至于能否利用这个机会，能否拿这笔本钱去做出生意来，则所谓"神而明之，存乎其人"。有些人天资颇高而成就则平凡，他们好比有大本钱而没有做出大生意；也有些人天资并不特异而成就则斐然可观，他们好比拿小本钱而做出大生意。这中间的差别就在努力与不努力了。牛顿可以说是科学家中一个天才了，他常常说："天才只是长久的耐苦。"这话虽似稍嫌过火，却含有很深的真理。只有死功夫固然不尽能发明或创造，但是能发明创造者却大半是下过死功夫来的。哲学中的康德、科学中的牛顿、雕刻图画中的米开朗琪罗、音乐中的贝多芬、书法中的王羲之、诗中的杜工部，这些实例已经够证明人力的重要，又何必多举呢？

最容易显出天才的地方是灵感。我们只需就灵感研究一番，就可以见出天才的完成不可无人力了。

杜工部尝自道经验说："读书破万卷，下笔如有神。"所谓"灵感"就是杜工部所说的"神"，"读书破万卷"是功夫，"下笔如有神"是灵感。据杜工部的经验看，灵感是从功夫出来的。如果我们借心理学的帮助来分析灵感，也可以得到同样的结论。

灵感有三个特征：

一、它是突如其来的，出于作者自己意料之外的。根据灵感的作品大半来得极快。从表面看，我们寻不出预备的痕迹。作者丝毫不费心血，意象涌上心头时，他只要信笔疾书。有时作品已经创造成功了，他自己才知道无意中又成了一件作品。歌德著《少年维特之烦恼》的经过，便是如此。据他自己说，他有一天听到一位少年失恋自杀的消息，突然间仿佛见到一道光在眼前闪过，立刻就想出全书的框架。他费两个星期的工夫一口气把它写成。在复看原稿时，他自己很惊讶，没有费力就写成一本书，告诉人说："这部小册子好像是一个患睡行症者在梦中做成的。"

二、它是不由自主的，有时苦心搜索而不能得的偶然在无意之中涌上心头。希望它来时它偏不来，不希望它来时它却蓦然出现。法国音乐家柏辽兹有一次替一首诗作乐谱，全诗都谱成了，只有收尾一句（"可怜的兵士，我终于要再见法兰西！"）无法可谱。他再三思索，不能想出一段乐调来传达这句诗的情感，终于把它搁起。两年之后，他到罗马去玩，失足落水，爬起来时口里所唱的乐调，恰是两年前所再三思索而不能得的。

三、它也是突如其去的,练习作诗文的人大半都知道"败兴"的味道。"兴"也就是灵感。诗文和一切艺术一样都宜于乘兴会来时下手。兴会一来,思致自然滔滔不绝。没有兴会时写一句极平常的话倒比写什么还难。兴会来时最忌外扰。本来文思正在源源而来,外面狗叫一声,或是墨水猛然打倒了,便会把思路打断。断了之后就想尽方法也接不上来。谢无逸问潘大临近来作诗没有,潘大临回答说:"秋来日日是诗思。昨日捉笔得'满城风雨近重阳'之句,忽催租人至,令人意败。辄以此一句奉寄。"这是"败兴"的最好的例子。

灵感既然是突如其来,突然而去,不由自主,那不就无法可以用人力来解释吗?从前人大半以为灵感非人力,以为它是神灵的感动和启示。在灵感之中,仿佛有神灵凭附作者的躯体,暗中驱遣他的手腕,他只是坐享其成。但是从近代心理学发现潜意识活动之后,这种神秘的解释就不能成立了。

什么叫作"潜意识"呢?我们的心理活动不尽是自己所能察觉到的。自己的意识所不能察觉到的心理活动就属于潜意识。意识既不能察觉到,我们何以知道它存在呢?变态心理中有许多事实可以为凭。比如说催眠,受催眠者可以谈话、做事、写文章、做数学题,但是醒过来后对于催眠状态中所说的话和所做的事往往完全不知道。此外还有许多精神病人现出"两重人格"。例如一个人乘火车在半途跌下,把原来的经验完全忘记,换过姓名在附近镇市上做了几个月的买卖。有一天他忽然醒过来,发现身边事物都是不认识的,才自疑何以走到这么一个地方。旁人告诉他说他在那里开过几个月的店，他绝对不肯相信。心理学家根据许多类似事实，断定人于意识之外又有潜意识，在潜意识中也可以运用意志、思想，受催眠者和精神病人便是如此。在通常健全心理中，意识压倒潜意识，只让它在暗中活动。在变态心理中，意识和潜意识交替来去。它们完全分裂开来，意识活动时潜意识便沉下去，潜意识涌现时，便把意识淹没。

　　灵感就是在潜意识中酝酿成的情思猛然涌现于意识。它好比伏兵，在未开火之前，只是鸦雀无声地准备，号令一发，它乘其不备地发动总攻击，一鼓而下敌。在没有侦探清楚的敌人（意识）看来，它好比周亚夫将兵从天而至一样。这个道理我们可以拿一件浅近的事实来说明。我们在初练习写字时，天天觉得自己在进步，过几个月之后，进步就猛然停顿起来，觉得字越写越坏。但是再过些时候，自己又猛然觉得进步。进步之后又停顿，停顿之后又进步，如此辗转几次，字才写得好。学别的技艺也是如此。据心理学家的实验，在进步停顿时，你如果索性不练习，把它丢开去做旁的事，过些时候再起手来写，字仍然比停顿以前较进步。这是什么道理呢？就因为在意识中思索的东西应该让它在潜意识中酝酿一些时候才会成熟。功夫没有错用的，你自己以为劳而不获，但是你在潜意识中实在仍然于无形中收效果。所以心理学家有"夏天学溜冰，冬天学泅水"的说法。溜冰本来是在前一个冬天练习的，今年夏天你虽然是在做旁的事，没有想到溜冰，但是溜冰的筋肉技巧却恰在这个不溜冰的时节暗里培养成功。一切脑的工作也是如此。

灵感是潜意识中的工作在意识中的收获。它虽是突如其来，却不是毫无准备。法国大数学家潘嘉赉常说他的关于数学的发明大半是在街头闲逛时无意中得来的。但是我们从来没有听过有一个人向来没有在数学上用功夫，猛然在街头闲逛时发明数学上的重要原则。在罗马落水的如果不是素习音乐的柏辽兹，跳出水时也绝不会随口唱出一曲乐调。他的乐调是费过两年的潜意识酝酿的。

从此我们可以知道"读书破万卷，下笔如有神"两句诗是至理名言了。不过灵感的培养正不必限于读书。人只要留心，处处都是学问。艺术家往往在他的艺术范围之外下功夫，在别种艺术之中玩索得一种意象，让它沉在潜意识里去酝酿一番，然后再用他的本行艺术的媒介把它翻译出来。吴道子生平得意的作品为洛阳天宫寺的神鬼，他在下笔之前，先请斐旻舞剑一回给他看，在剑法中得着笔意。张旭是唐朝的草书大家，他尝自道经验说："始吾见公主担夫争路，而得笔法之意；后见公孙氏舞剑器，而得其神。"王羲之的书法相传是从看鹅掌拨水得来的。法国大雕刻家罗丹也说道："你问我在什么地方学来的雕刻？在深林里看树，在路上看云，在雕刻室里研究模型学来的。我在到处学，只是不在学校里。"

从这些实例看，我们可知各门艺术的意象都可触类旁通。书画家可以从剑的飞舞或鹅掌的拨动之中得到一种特殊的筋肉感觉来助笔力，可以得到一种特殊的胸襟来增进书画的神韵和气势。推广一点说，凡是艺术家都不宜只在本行小范围之内用功夫，须处处留心玩索，才有深厚的修养。鱼跃鸢飞，风起水涌，以至于一尘之微，当其接触感官时我们虽常不自觉其在心灵中可生若何影响，但是到挥毫运斤时，它们都会涌到手腕上来，在无形中驱遣它，左右它。在作品的外表上我们虽不必看出这些意象的痕迹，但是一笔一画之中都潜寓它们的神韵和气魄。这样意象的蕴蓄便是灵感的培养。它们在潜意识中好比桑叶到了蚕腹，经过一番咀嚼组织而成丝，丝虽然已不是桑叶却是从桑叶变来的。

希腊女神的雕像和血色鲜丽的英国姑娘

——美感与快感

我在以上三章所说的话都是回答"美感是什么"这个问题。我们说过,美感起于形象的直觉。它有两个要素:

一、目前意象和实际人生之中有一种适当的距离。我们只观赏这种孤立绝缘的意象,一不问它和其他事物的关系如何,二不问它对于人的效用如何。思考和欲念都暂时失其作用。

二、在观赏这种意象时,我们处于聚精会神以至于物我两忘的境界,所以于无意之中以我的情趣移注于物,以物的姿态移注于我。这是一种极自由的(因为是不受实用目的牵绊的)活动,说它是欣赏也可,说它是创造也可,美就是这种活动的产品,不是天生现成的。

这是我们的立脚点。在这个立脚点上站稳,我们可以打倒许多关于美感的误解。在以下两三章里我要说明美感不是许多人所想象的那么一回事。

我们第一步先打倒享乐主义的美学。

"美"字是不要本钱的,喝一杯滋味好的酒,你称赞它"美";看见一朵颜色很鲜明的花,你称赞它"美";碰见一位年轻姑娘,你称赞她"美";读一首诗或是看一座雕像,你也还是称赞它"美"。这些经验显然不尽是一致的。究竟怎样才算"美"呢?一般人虽然不知道什么叫作"美",但是都知道什么样就是愉快。拿一幅画给一个小孩子或是未受艺术教育的人看,征求他的意见,他总是说"很好看"。如果追问他:"它何以好看?"他不外是回答说:"我欢喜看它,看了它就觉得很愉快。"通常人所谓"美"大半就是指"好看",指"愉快"。

不仅普通人如此,许多声名煊赫的文艺批评家也把美感和快感混为一件事。英国19世纪有一位学者叫作罗斯金,他著过几十册书谈建筑和图画,就曾经很坦白地告诉人说:"我从来没有看见过一座希腊女神雕像,有一位血色鲜丽的英国姑娘的一半美。"从愉快的标准看,血色鲜丽的姑娘引诱力自然是比女神雕像的大;但是你觉得一位姑娘"美"和你觉得一座女神雕像"美"时是否相同呢?《红楼梦》里的刘姥姥想来不一定有什么风韵,虽然不能邀罗斯金的青眼,在艺术上却仍不失其为美。一个很漂亮的姑娘同时做许多画家的"模特儿",可是她的画像在一百张之中不一定有一张比得上伦勃朗(荷兰人物画家)的"老太婆"。英国姑娘的"美"和希腊女神雕像的"美"显然是两件事,一个是只能引起快感的,一个是只能引起美感的。罗斯金的错误在把英国姑娘的引诱性做"美"的标准,去测量艺术作品。艺术是另一世界里的东西,对于实际人生没有引诱性,所以他以为比不上血色鲜丽的英国姑娘。

美感和快感究竟有什么分别呢？有些人见到快感不尽是美感，替它们勉强定一个分别来，却又往往不符事实。英国有一派主张"享乐主义"的美学家就是如此。他们所见到的分别彼此又不一致。有人说耳、目是"高等感官"，其余鼻、舌、皮肤、筋肉等等都是"低等感官"，只有"高等感官"可以尝到美感而"低等感官"则只能尝到快感。有人说引起美感的东西可以同时引起许多人的美感，引起快感的东西则对于这个人引起快感，对于那个人或引起不快感。美感有普遍性，快感没有普遍性。这些学说在历史上都发生过影响，如果分析起来，都是一钱不值。拿什么标准说耳、目是"高等感官"？耳、目得来的有些是美感，有些也只是快感，我们如何去分别？"客去茶香余舌本"，"冰肌玉骨，自清凉无汗"等名句是否与"低等感官"不能得美感之说相容？至于普遍不普遍的话更不足为凭。口腹有同嗜而艺术趣味却往往随人而异。陈年花雕是吃酒的人大半都称赞它美的，一般人却不能欣赏后期印象派的图画。我曾经听过一位很时髦的英国老太婆说道："我从来没有见过比金字塔再拙劣的东西。"

从我们的立脚点看，美感和快感是很容易分别的。美感与实用活动无关，而快感则起于实际要求的满足。口渴时要喝水，喝了水就得到快感；腹饥时要吃饭，吃了饭也就得到快感。喝美酒所得的快感由于味感得到所需要的刺激，和饱食暖衣的快感同为实用的，并不是起于"无所为而为"的形象的观赏。至于看血色鲜丽的姑娘，可以生美感也可以不生美感。如果你觉得她是可爱的，给你做妻子你还不讨厌她，你所谓"美"就只是指合于满足性欲需要的条件，"美人"就只是指对于异性有引诱力的女子。如果你见了她不起性欲的冲动，只把她当作线纹匀称的形象看，那就和欣赏雕像或画像一样了。美感的态度不带意志，所以不带占有欲。在实际上性欲本能是一种最强烈的本能，看见血色鲜丽的姑娘而能"心如古井"地不动，只一味欣赏曲线美，是一般人所难能的。所以就美感说，罗斯金所称赞的血色鲜丽的英国姑娘对于实际人生距离太近，不一定比希腊女神雕像的价值高。

谈到这里，我们可以顺便地说一说弗洛伊德派心理学在文艺上的应用。大家都知道，弗洛伊德把文艺认为是性欲的表现。性欲是最原始最强烈的本能，在文明社会里，它受道德、法律种种社会的牵制，不能得到充分的满足，于是被压抑到"隐意识"里去成为"情意综"[①]。但是这种被压抑的欲望还是要偷空子化装求满足。文艺和梦一样，都是带着假面具逃开意识检察的欲望。举一个例来说。男子通常都特别爱母亲，女子通常都特别爱父亲。依弗洛伊德看，这就是性爱。这种性爱是反乎道德法律的，所以被压抑下去，在男子则成"俄狄浦斯情意综"，在女子则成"厄勒克特拉情意综"[②]。这两个奇怪的名词是怎样讲呢？俄狄浦斯原来是古希腊的一个王子，曾于无意中弑父娶母，所以他可以象征子对于母的性爱。厄勒克特拉是古希腊的一个公主，她的母亲爱上一个男子把丈夫杀了，她怂恿她的兄弟把母亲杀了，替父

---

① "隐意识"现译为"潜意识"，"情意综"现译为"情结"。
② 厄勒克特拉，希腊神话中阿伽门农和克吕泰涅斯特拉的女儿。"厄勒克特拉情意综"指"恋父情结"。

亲报仇，所以她可以象征女对于父的性爱。在许多民族的神话里面，伟大的人物都有母而无父，耶稣和孔子就是著例，耶稣是上帝授胎的，孔子之母祷于尼丘而生孔子。在弗洛伊德派学者看，这都是"俄狄浦斯情意综"的表现。许多文艺作品都可以用这种眼光来看，都是被压抑的性欲因化装而得满足。

依这番话看，弗洛伊德的文艺观还是要纳到享乐主义里去，他自己就常欢喜用"快感原则"这个名词。在我们看，他的毛病也在把快感和美感混淆，把艺术的需要和实际人生的需要混淆。美感经验的特点在"无所为而为"地观赏形象。在创造或欣赏的一刹那中，我们不能仍然在所表现的情感里过活，一定要站在客位把这种情感当一幅意象去观赏。如果作者写性爱小说，读者看性爱小说，都是为着满足自己的性欲，那就无异于为着饥而吃饭，为着冷而穿衣，只是实用的活动而不是美感的活动了。文艺的内容尽管有关性欲，可是我们在创造或欣赏时却不能同时受性欲冲动的驱遣，须站在客位把它当作形象看。世间自然也有许多人欢喜看淫秽的小说去刺激性欲或是满足性欲，但是他们所得的并不是美感。弗洛伊德派的学者的错处不在主张文艺常是满足性欲的工具，而在把这种满足认为美感。

美感经验是直觉的而不是反省的。在聚精会神之中我们既忘去自我，自然不能觉得我是否欢喜所观赏的形象，或是反省这形象所引起的是不是快感。我们对于一件艺术作品欣赏的浓度愈大，就愈不觉得自己是在欣赏它，愈不觉得所生的感觉是愉快的。如果自己觉得快感，我便是由直觉变而为反省，好比提灯寻影，灯到影灭，美感的态度便已失去了。美感所伴的快感，在当时都不觉得，到过后才回忆起来。比如读一首诗或是看一幕戏，当时我们只是心领神会，无暇他及，后来回想，才觉得这一番经验很愉快。

这个道理一经说破，本来很容易了解。但是许多人因为不明白这个很浅显的道理，遂走上迷路。近来德国和美国有许多研究"实验美学"的人就是如此。他们拿一些颜色、线形或是音调来请受验者比较，问他们欢喜哪一种，讨厌哪一种，然后做出统计来，说某种颜色是最美的，某种线形是最丑的。独立的颜色和画中的颜色本来不可相提并论。在艺术上部分之和并不等于全体，而且最易引起快感的东西也不一定就美。他们的错误是很显然的。

悲剧与人生的距离

莎士比亚说得好：世界只是一座舞台，生命只是一个可怜的戏角。但从另一意义说，这种比拟却有不精当处。世界尽管是舞台，舞台却不能是世界。倘若堕楼的是你自己的绿珠，无辜受祸的是你自己的伊菲革涅亚，你会心寒胆裂。但是她们站在舞台时，你却袖手旁观，眉飞色舞。纵然你也偶一洒同情之泪，骨子里你却觉得开心。有些哲学家说这是人类恶根性的暴露，把"幸灾乐祸"的大罪名加在你的头上。这自然是冤枉，其实你和剧中人物有何仇何恨？

看戏和做人究竟有些不同。杀曹操泄义愤，或是替罗密欧与朱丽叶传情书，就做人说，自是一种功德；就看戏说，似未免近于傻瓜。

悲剧是一回事，可怕的凶灾险恶又另是一回事。悲剧中有人生，人生中不必有悲剧。我们的世界中有的是凶灾险恶，但是说这种凶灾险恶是悲剧，只是在修辞用比譬。悲剧所描写的固然也不外凶灾险恶，但是悲剧的凶灾险恶是在艺术锅炉中蒸馏过的。

像一切艺术一样，戏剧要有几分近情理，也要有几分不近情理。它要有几分近情理，否则它和人生没有接触点，读来兴味索然；它也要有几分不近情理，否则你会把舞台真正看作世界，看《奥瑟罗》回想到自己的妻子，或者老实递消息给司马懿，说诸葛亮是在演空城计！

"软玉温香抱满怀，春至人间花弄色，露滴牡丹开。"淫词也，而读者在兴酣采烈之际忘其为淫，正因在实际人生中谈男女间事，话不会说得那样漂亮。俄狄浦斯弑父娶母，奥瑟罗信谗杀妻，悲剧也，而读者在兴酣采烈之际亦忘其为悲，正因在实际人生中天公并未曾濡染大笔，把痛心事描绘成那样惊心动魄的图画。

悲剧和人生之中自有一种不可跨越的距离，你走进舞台，你便须暂时丢开世界。

悲剧都有些古色古香。希腊悲剧流传于人间的几十部之中只有《波斯人》一部是写当时史实，其余都是写人和神还没有分家时的老故事老传说。莎士比亚并不醉心古典，在这一点他却近于守旧。他的悲剧事迹也大半是代远年湮。十七世纪法国悲剧也是如此。拉辛在《巴雅泽》（Bajazet）序文里说："说老实话，如果剧情在哪一国发生，剧本就在哪一国表演，我不劝作家拿这样近代的事迹做悲剧。"他自己用近代的"巴雅泽"事迹，因为它发生在土耳其，"国度的辽远可以稍稍补救时间的邻近"。莎士比亚也很明白这个道理。《奥瑟罗》的事迹比较晚。他于是把它的场合摆在意大利，用一个来历不明的黑面将军做主角。这是以空间的远救时间的近。他回到本乡本土搜材料时，他心焉向往的是李尔王、麦克白一些传说上的人物。这是以时间的远救空间的近。你如果不相信这个道理，让孔明脱去他的八卦衣，丢开他的羽扇，穿西装吸雪茄烟登场！

悲剧和平凡是不相容的，而在实际上不平凡就失人生世相的真面目。所谓"主角"同时都有几分"英雄气"。普罗米修斯、哈姆雷特乃至于无恶不作的埃及皇后克莉奥佩特拉都不是我们凡人所能望其项背的，我们凡人没有他们的伟大魄力，却也没有他们那副傻劲儿。许多悲剧情境移到我们日常世界中来，都会被妥协酿成一个平凡收场，不致引起轩然大波。如果你我是俄狄浦斯，要逃弑父娶母的预言，索性不杀人，独身到老，便什么祸事也没有。如果你我是哈姆雷特，逞义气，就痛痛快快把仇人杀死，不逞义气，便低首下心称他作父亲，多么干脆！悲剧的产生就由于不平常人睁着大眼睛向我们平常人所易避免的灾祸里闯。悲剧的世界和我们是隔着一层的。

这种另一世界的感觉往往因神秘色彩而更加浓厚。悲剧压根儿就是一个不可解的谜语，如果能拿理性去解释它的来因去果，便失其为悲剧了。善有善报，恶有恶报，是人类的普遍希望，而事实往往不如人所期望，不能尤人，于是怨天，说一切都是命运。悲剧是不虔敬的，它隐约指示冥冥之中有一个捣乱鬼，但是这个捣乱鬼的面目究竟如何，它却不让我们知道，本来它也无法让我们知道。看悲剧要带几分童心，要带几分原始人的观世法。狼在街上走，枭在白天里叫，人在空中飞，父杀子，女驱父，普洛斯彼罗呼风唤雨，这些光怪陆离的幻象，如果拿读《太上感应篇》或是计较油盐柴米的心理去摸索，便失其为神奇了。

　　艺术往往在不自然中寓自然。一部《红楼梦》所写的完全是儿女情，作者却要把它摆在"金玉缘"一个神秘的轮廓里。一部《水浒传》所写的完全是侠盗生活，作者却要把它的根源埋到"伏魔之洞"。戏剧在人情物理上笼上一层神秘障，也是惯技。梅特林克的《普莱雅斯和梅丽桑德》写叔嫂的爱，本是一部人间性极重要的悲剧，作者却把场合的空气渲染得阴森冷寂如地窖，把剧中人的举止言笑描写得如僵尸活鬼，使观者察觉不到它的人间性。邓南遮的《死城》也是如此。别说什么自然主义或是写实主义，易卜生写的在房子里养野鸭来打的老头儿，是我们这个世界里的人物吗？

　　像一切艺术一样，戏剧和人生之中本来要有一种距离，所以免不了几分形式化，免不了几分不自然。人事里哪里有恰好分成五幕的？谁说情话像张君瑞出口成章？谁打仗只用几十个人马？谁像奥尼尔在《奇妙的插曲》里所写的角色当着大众说心中隐事？以此类推，古希腊和中国旧戏的角色戴面具，穿高跟鞋，拉了嗓子唱，以及许多其他不近情理的玩意儿都未尝没有几分情理在里面。它们至少可以在舞台和世界之中辟出一个应有的距离。

　　悲剧把生活的苦恼和死的幻灭通过放大镜，射到某种距离以外去看。苦闷的呼号变成庄严灿烂的意象，霎时间使人脱开现实的重压而游魂于幻境，这就是尼采所说的"从形相得解脱"（redemption through appearance）。

谈学文艺的甘苦

亲爱的朋友们：

这个题目是丏尊先生出给我做的。他说常接到诸位的信，怪我近来少替《中学生》写文章，现在《中学生》预备出"文艺特辑"，希望我说几句切实的话。诸位的厚意实在叫我万分惭愧。我从前常给诸位写信时，自己还是一个青年，说话很自在，因为我知道诸位把我当作一个伙伴看待。眼睛一转，我现在已经糊糊涂涂闯进中年了。因为教书，和青年朋友们接触的机会还是很多，但是我处处感觉到自己已从青年侪辈中落伍出来了。我虽然很想他们仍然把我看作他们中间一个人，但是彼此中间终于是隔着一层什么似的，至少是青年朋友们对于我存有几分歧视。这是常使我觉得悲哀的一件事。我歇了许久没有说话，一是没有工夫去说；二是没有兴会去说；三是没有勇气去说。至于我心里却似一个多话的老年人困在寂寞里面，常渴望有耐烦的年轻人听他唠叨地剖白心事。

我担任的是文学课程。那些经院气味十足的文艺理论不但诸位已听腻了，连我自己也说腻了。平时习惯的谦恭不容许我说我自己，现在和朋友们通信，我不妨破一回例。我以为切己的话才是切实的话，所以我平时最爱看自传、书信、日记之类赤裸裸地表白自己的文字。我假定你也是这样想，所以在这封信里我只说一点切身的经验。我所说的只是一些零星的感想，请恕我芜杂没有系统。

我对于做人和做学问，都走过许多错路。现在回想，也并不十分追悔。每个人的路都要由他自己摸索出来。错路的教训有时比任何教训都更加深切。我有时幻想，如果上帝允许我把这半生的账一笔勾销。再从头走我所理想的路，那是多么一件快事！但是我也相信，人生来是"事后聪明"的，纵使上帝允许我"从头再做好汉"，我也还得要走错路。只要肯摸索，到头总可以找出一条路来。世间只有生来就不肯摸索的人才会堕落在迷坑里，永远遇不着救星。

一般人常说，文艺是一种避风息凉的地方，在穷愁寂寞的时候，它可以给我们一点安慰。这话固然有些道理，但亦未必尽然。最感动人的文艺大半是苦闷的呼号。作者不但宣泄自己的苦闷，同时也替我们宣泄了苦闷，我们觉得畅快，正由于此。不过同时，伟大的作家们也传授我们一点尝受苦闷的敏感。人生世相，在健康的常人看，本来不过尔尔，朦胧马虎地过活，是最上的策略。认识文艺的人，对于人生世相往往见出许多可惊可疑可痛哭流涕的地方，这种较异样的认识往往不容许他抱鸵鸟埋头不看猎犬式的乐观。这种认识固然不必定是十分彻底的，再进一步的认识也许使我们在冲突中见出调和。不过这种狂风暴雨之后的碧空晴日，大半是中年人和老年人的收获，而且古今中外的中年人和老年人之中有几人真正得到这种收获？苦闷的传染性极大,而超脱苦闷的彻底解悟之难达到,恐怕更甚于骆驼穿过针孔。我对于西方文学的认识是从浪漫时代起。最初所学得的只是拜伦式的伤感。我现在还记得在一个轮船上读《少年维特之烦恼》,对着清风夕照中的山河悄然遐想,心神游离恍惚,找不到一个安顿处,因而想到自杀也许是唯一的出路;我现在还记得十五年前——还是二十年前?——第一次读济慈的《夜莺歌》,仿佛自己坐在花荫月下,嗅着蔷薇的清芬,听夜莺的声音越过一个山谷又一个山谷,以至于逐渐沉寂下去,猛然间觉得自己被遗弃在荒凉世界中,想悄悄静静地死在夜半的蔷薇花香里。这种少年时的热情、幻想和痴念已算是烟消云散了,现在回想起来,好像生儿养女的妇人打开尘封的箱箧,检点处女时代的古老的衣装,不免自己嘲笑自己,然而在当时它们费了我多方彷徨,多少挣扎!

　　青年们大概都有一个时期酷爱浪漫派文学,都要中几分伤感主义的毒。我自己所受的毒有时不但使我怀疑浪漫派文学的价值,而且使我想到柏拉图不许他的理想国里有诗人,也许毕竟是一种极大的智慧。无论对于人生或是对于文艺,不完全的认识常容易养成不健康的心理状态。我自己对于文艺不完全的认识酿成两种可悲哀的隔阂。第一种是书本世界和现实的隔阂。像我们这种人,每天之中要费去三分之二的时间抱书本,至多只有三分之一的时间可以应事接物。天天在史诗、悲剧、小说和抒情诗里找情趣,无形中就造成另一世界,把自己禁锢在里面,回头看自己天天接触的有血有肉的人物反而觉得有些异样。文艺世界中的豪情胜概和清思敏感在现实世界中哪里找得着?除非是你用点金术把现实世界也化成一个文艺世界？但是得到文艺世界，你就要失掉现实世界。爱好文艺的人们总难免有几分书呆子的心习，以书呆子的心习去处身涉世，总难免处处觉得格格不入。蜗牛的触须本来藏在硬壳里，它偶然伸出去探看世界，碰上了硬辣的刺激，仍然缩回到硬壳里去，谁知道它在硬壳里的寂寞？

我所感到的第二种隔阂可以说是第一种隔阂的另一面。人本来需要同情，路走得越窄，得到同情的可能也就越小。所见相同，所感才能相同。文艺所表现的固然有大部分是人人同见同感的，也有一部分是一般人所不常见到、不常感到的。这一般人所不常见到、不常感到的一部分往往是最有趣味的一部分。一个人在文艺方面天天向深刻微妙艰难处走，在实际生活方面，他就不免把他和他的邻人中间的墙壁筑得一天高厚似一天。说"今天天气好"，人人答应你"今天天气的确是好"；说"卡尔登今晚的片子有趣"，至少有一般爱看电影的人们和你同情。可是一阵清风吹来，你不能在你最亲爱的人的眼光里发见突然在你心中涌现的那一点灵感，你不能把莎士比亚的佳妙处捧献你的母亲，你不能使你的妻子也觉得东墙角的一枝花影，比西墙角的一枝花影意味更加深永。这个世界原来是让大家闲谈"今天天气好"的世界，此外你比较得意的话只好留着说给你自己听。

我对于文艺的认识是不完全的，我已经承认过。从大诗人和大艺术家的传记和作品看，较深厚的修养似乎能打消这种隔阂。不过关于这一点，我只好自招愚昧。上面所说的一番话也不尽是酸辛语，我有时觉得这种酸辛或许就是一种甜蜜。我的用意尤其不在咒骂文艺。我应该感谢文艺的地方很多,尤其是它教我学会一种观世法。一般人常以为只有科学的训练才可以养成冷静的客观的头脑。拿自己的前前后后比较,我自觉现在很冷静,很客观。我也学过科学,但是我的冷静的客观的头脑不是从科学得来的,而是从文艺得来的。凡是不能持冷静的客观的态度的人,毛病都在把"我"看得太大。他们从"我"这一副着色的望远镜里看世界,一切事物于是都失去它们本来的面目。所谓冷静的客观的态度,就是丢开这副望远镜,让"我"跳到圈子以外,不当作世界里有"我"而去看世界,还是把"我"与类似"我"的一切东西同样看待。这是文艺的观世法,这也是我所学的观世法。我现在常拿看画的方法看一片园林或一座房屋,拿看小说或戏剧的方法看一对男女讲恋爱或是连个老谋深算的人斗手腕。一般人常拿实际人生的态度去看戏,看到曹操奸滑,不觉义愤填胸,本来是台下的旁观者,却跃跃欲试地想跳到台上去,把演曹操的角色杀死。我的方法与此恰恰相反。我本是世界大舞台里的一个演员,却站在台下旁观喝彩。遇着真正的曹操,我也只把他当作扮演曹操的角色看待,是非善恶都不成问题,嗔喜毁誉也大可不必,只觉得他有趣而已。我看自己也会是如此,有时猛然发现自己在演小丑,也暗地里冷笑一阵。

有人骂这种态度"颓废""不严肃"。事关性分,我不愿置辩。不过我可以说,我所懂得的最高的严肃只有在超世观世时才经验到,我如果有时颓废,也是因为偶然间失去超世观世的胸襟而斤斤计较自己的利害得失。我不敢说它对于旁人怎样,这种超世观世的态度对于我却是一种救星。它帮助我忘去许多痛苦,容耐许多人所不能容耐的人和事，并且给过我许多生命力，使我勤勤恳恳地做人。

朋友们，我从文艺所得到的如此。个人的性格和经验不一样，我的话也许不能应用到诸位身上去，不过我们所说的句句是体验过来的话，希望可以供诸位参考。

光潜 四月二十五日

陆 慢慢走，欣赏啊

我们要做的，只不过是发现生活之美

"慢慢走，欣赏啊！"

——人生的艺术化

一直到现在，我们都是讨论艺术的创造与欣赏。在收尾这一节中，我提议约略说明艺术和人生的关系。

我在开章明义时就着重美感态度和实用态度的分别，以及艺术和实际人生之间所应有的距离，如果话说到这里为止，你也许误解我把艺术和人生看成漠不相关的两件事。我的意思并不如此。

人生是多方面而却相互和谐的整体，把它分析开来看，我们说某部分是实用的活动，某部分是科学的活动，某部分是美感的活动，为正名析理起见，原应有此分别；但是我们不要忘记，完满的人生见于这三种活动的平均发展，它们虽是可分别的而却不是互相冲突的。"实际人生"比整个人生的意义较为窄狭。一般人的错误在把它们认为相等，以为艺术对于"实际人生"既是隔着一层，它在整个人生中也就没有什么价值。有些人为维护艺术的地位，又想把它硬纳到"实际人生"的小范围里去。这般人不但是误解艺术，而且也没有认识人生。

我们把实际生活看作整个人生之中的一片段，所以在肯定艺术与实际人生的距离时，并非肯定艺术与整个人生的隔阂。严格地说，离开人生便无所谓艺术，因为艺术是情趣的表现，而情趣的根源就在人生；反之，离开艺术也便无所谓人生，因为凡是创造和欣赏都是艺术的活动，无创造、无欣赏的人生是一个自相矛盾的名词。

人生本来就是一种较广义的艺术。每个人的生命史就是他自己的作品。这种作品可以是艺术的，也可以不是艺术的，正犹如同是一种顽石，这个人能把它雕成一座伟大的雕像，而另一个人却不能使它"成器"，分别全在性分与修养。知道生活的人就是艺术家，他的生活就是艺术作品。

过一世生活好比做一篇文章。完美的生活都有上品文章所应有的美点。

第一，一篇好文章一定是一个完整的有机体，其中全体与部分都息息相关，不能稍有移动或增减。一字一句之中都可以见出全篇精神的贯注。比如陶渊明的《饮酒》诗本来是"采菊东篱下，悠然见南山"，后人把"见"字误印为"望"字，原文的自然与物相遇相得的神情便完全丧失。这种艺术的完整性在生活中叫作"人格"。凡是完美的生活都是人格的表现。大而进退取与，小而声音笑貌，都没有一件和全人格相冲突。不肯为五斗米折腰向乡里小儿，是陶渊明的生命史中所应有的一段文章，如果他错过这一个小节，便失其为陶渊明。下狱不肯脱逃，临刑时还叮咛嘱咐还邻人一只鸡的债，是苏格拉底的生命史中所应有的一段文章，否则他便失其为苏格拉底。这种生命史才可以使人把它当作一幅图画去惊赞,它就是一种艺术的杰作。

其次,"修辞立其诚"是文章的要诀,一首诗或是一篇美文一定是至性深情的流露,存于中然后形于外,不容有丝毫假借。情趣本来是物我交感共鸣的结果。景物变动不居,情趣亦自生生不息。我有我的个性,物也有物的个性,这种个性又随时地变迁而生长发展。每人在某一时会所见到的景物,和每种景物在某一时会所引起的情趣,都有它的特殊性,断不容与另一人在另一时会所见到的景物,和另一景物在另一时会所引起的情趣完全相同。毫厘之差,微妙所在。在这种生生不息的情趣中我们可以见出生命的造化。把这种生命流露于语言文字,就是好文章;把它流露于言行风采,就是美满的生命史。

文章忌俗滥,生活也忌俗滥。俗滥就是自己没有本色而蹈袭别人的成规旧矩。西施患心病,常捧心颦眉,这是自然的流露,所以愈增其美。东施没有心病,强学捧心颦眉的姿态,只能引人嫌恶。在西施是创作,在东施便是滥调。滥调起于生命的干枯,也就是虚伪的表现。"虚伪的表现"就是"丑",克罗齐已经说过。"风行水上,自然成纹",文章的妙处如此,生活的妙处也是如此。在什么地位,是怎样的人,感到怎样情趣,便现出怎样言行风采,叫人一见就觉其谐和完整,这才是艺术的生活。

俗语说得好,"唯大英雄能本色",所谓艺术的生活就是本色的生活。世间有两种人的生活最不艺术,一种是俗人,一种是伪君子。"俗人"根本就缺乏本色,"伪君子"则竭力遮盖本色。朱晦庵有一首诗说:"半亩方塘一鉴开,天光云影共徘徊。问渠那得清如许?为有源头活水来。"艺术的生活就是有"源头活水"的生活。俗人迷于名利,与世浮沉,心里没有"天光云影",就因为没有源头活水。他们的大病是生命的干枯。"伪君子"则于这种"俗人"的资格之上,又加上"沐猴而冠"的伎俩。他们的特点不仅见于道德上的虚伪,一言一笑、一举一动,都叫人起不美之感。谁知道风流名士的架子之中掩藏了几多行尸走肉?无论是"俗人"或是"伪君子",他们都是生活中的"苟且者",都缺乏艺术家在创造时所应有的良心。像柏格森所说的,他们都是"生命的机械化",只能做喜剧中的角色。生活落到喜剧里去的人大半都是不艺术的。

艺术的创造之中都必寓有欣赏,生活也是如此。一般人对于一种言行常欢喜说它"好看""不好看",这已有几分是拿艺术欣赏的标准去估量它。但是一般人大半不能彻底,不能拿一言一笑、一举一动纳在全部生命史里去看,他们的"人格"观念太淡薄,所谓"好看""不好看"往往只是"敷衍面子"。善于生活者则彻底认真,不让一尘一芥妨碍整个生命的和谐。一般人常以为艺术家是一班最随便的人,其实在艺术范围之内,艺术家是最严肃不过的。在锻炼作品时常呕心呕肝,一笔一画也不肯苟且。王荆公作"春风又绿江南岸"一句诗时,原来"绿"字是"到"字,后来由"到"字改为"过"字,由"过"字改为"入"字,由"入"字改为"满"字,改了十几次之后才定为"绿"字。即此一端可以想见艺术家的严肃了。善于生活者对于生活也是这样认真。曾子临死时记得床上的席子是季路的,一定叫门人把它换过才瞑目。吴季札心里已经暗许赠剑给徐君,没有实行徐君就已死去,他很郑重地把剑挂在徐君墓旁树上,以见"中心契合死生不渝"的风义。像这一类的言行看来虽似小节,而善于生活者却不肯轻易放过,正犹如诗人不肯轻易放过一字一句一样。小节如此,大节更不消说。董狐宁愿断头不肯掩盖史实,夷齐饿死不愿降周,这种风度是道德的也是艺术的。我们主张人生的艺术化,就是主张对于人生的严肃主义。

艺术家估定事物的价值,全以它能否纳入和谐的整体为标准,往往出于一般人意料之外。他能看重一般人所看轻的,也能看轻一般人所看重的。在看重一件事物时,他知道执着;在看轻一件事物时,他也知道摆脱。艺术的能事不仅见于知所取,尤其见于知所舍。苏东坡论文,谓如水行山谷中,行于其所不得不行,止于其所不得不止。这就是取舍恰到好处,艺术化的人生也是如此。善于生活者对于世间一切,也拿艺术的口味去评判它,合于艺术口味者毫毛可以变成泰山,不合于艺术口味者泰山也可以变成毫毛。他不但能认真,而且能摆脱。在认真时见出他的严肃,在摆脱时见出他的豁达。孟敏堕甑,不顾而去,郭林宗见到以为奇怪。他说:"甑已碎,顾之何益?"哲学家斯宾诺莎宁愿靠磨镜过活,不愿当大学教授,怕妨碍他的自由。王徽之居山阴,有一天夜雪初霁,月色清朗,忽然想起他的朋友戴逵,便乘小舟到剡溪去访他,刚到门口便把船划回去。他说:"乘兴而来,兴尽而返。"这几件事彼此相差很远,却都可以见出艺术家的豁达。伟大的人生和伟大的艺术都要同时并有严肃与豁达之胜。晋代清流大半只知道豁达而不知道严肃,宋朝理学又大半只知道严肃而不知道豁达。陶渊明和杜子美庶几算得恰到好处。

一篇生命史就是一种作品,从伦理的观点看,它有善恶的分别,从艺术的观点看,它有美丑的分别。善恶与美丑的关系究竟如何呢?

就狭义说,伦理的价值是实用的,美感的价值是超实用的;伦理的活动都是有所为而为,美感的活动则是无所为而为。比如仁义忠信等等都是善,问它们何以为善,我们不能不着眼到人群的幸福。美之所以为美,则全在美的形象本身,不在它对于人群的效用(这并不是说它对于人群没有效用)。假如世界上只有一个人,他就不能有道德的活动,因为有父子才有慈孝可言,有朋友才有信义可言。但是这个想象的孤零零的人还可以有艺术的活动,他还可以欣赏他所居的世界,他还可以创造作品。善有所赖而美无所赖,善的价值是"外在的",美的价值是"内在的"。

不过这种分别究竟是狭义的。就广义说,善就是一种美,恶就是一种丑。因为伦理的活动也可以引起美感上的欣赏与嫌恶。希腊大哲学家柏拉图和亚里士多德讨论伦理问题时都以为善有等级,一般的善虽只有外在的价值,而"至高的善"则有内在的价值。这所谓"至高的善"究竟是什么呢?柏拉图和亚里士多德本来是一走理想主义的极端,一走经验主义的极端,但是对于这个问题,意见却一致。他们都以为"至高的善"在"无所为而为的玩索"(disinterested contemplation)。这种见解在西方哲学思潮上影响极大,斯宾诺莎、黑格尔、叔本华的学说都可以参证。从此可知西方哲人心目中的"至高的善"还是一种美,最高的伦理的活动还是一种艺术的活动了。

"无所为而为的玩索"何以看成"至高的善"呢?这个问题涉及

西方哲人对于神的观念。从耶稣教盛行之后，神才是一个大慈大悲的道德家。在希腊哲人以及近代莱布尼茨、尼采、叔本华诸人的心目中，神却是一个大艺术家，他创造这个宇宙出来，全是为着自己要创造，要欣赏。其实这种见解也并不减低神的身份。耶稣教的神只是一班穷叫花子中的一个肯施舍的财主佬，而一般哲人心中的神，则是以宇宙为乐曲而要在这种乐曲之中见出和谐的音乐家。这两种观念究竟是哪一个伟大呢？在西方哲人想，神只是一片精灵，他的活动绝对自由而不受限制，至于人则为肉体的需要所限制而不能绝对自由。人愈能脱肉体需求的限制而做自由活动，则离神亦愈近。"无所为而为的玩索"是唯一的自由活动，所以成为最上的理想。

这番话似乎有些玄渺，在这里本来不应说及。不过无论你相信不相信，有许多思想却值得当作一个意象悬在心眼前来玩味玩味。我自己在闲暇时也欢喜看看哲学书籍。老实说，我对于许多哲学家的话都很怀疑，但是我觉得他们有趣。我以为穷到究竟，一切哲学系统也都只能当作艺术作品去看。哲学和科学穷到极境，都是要满足求知的欲望。每个哲学家和科学家对于他自己所见到的一点真理（无论它究竟是不是真理）都觉得有趣味，都用一股热忱去欣赏它。真理在离开实用而成为情趣中心时就已经是美感的对象了。"地球绕日运行""勾方加股方等于弦方"一类的科学事实，和《米洛斯爱神》或《第九交响曲》一样可以摄魂震魄。科学家去寻求这一类的事实，穷到究竟，也正因为它们可以摄魂震魄。所以科学的活动也还是一种艺术的活动，不但善与美是一体，真与美也并没有隔阂。

艺术是情趣的活动，艺术的生活也就是情趣丰富的生活。人可以分为两种，一种是情趣丰富的，对于许多事物都觉得有趣味，而且到处寻求享受这种趣味。一种是情趣干枯的，对于许多事物都觉得没有趣味，也不去寻求趣味，只终日拼命和蝇蛆在一块争温饱。后者是俗人，前者就是艺术家。情趣愈丰富，生活也愈美满，所谓人生的艺术化就是人生的情趣化。

"觉得有趣味"就是欣赏。你是否知道生活，就看你对于许多事物能否欣赏。欣赏也就是"无所为而为的玩索"。在欣赏时人和神仙一样自由，一样有福。

阿尔卑斯山谷中有一条大汽车路，两旁景物极美，路上插着一个标语牌劝告游人说："慢慢走，欣赏啊！"许多人在这车如流水马如龙的世界过活，恰如在阿尔卑斯山谷中乘汽车兜风，匆匆忙忙地急驰而过，无暇一回首流连风景，于是这丰富华丽的世界便成为一个了无生趣的囚牢。这是一件多么可惋惜的事啊！

朋友，在告别之前，我采用阿尔卑斯山路上的标语，在中国人告别习用语之下加上三个字奉赠：

"慢慢走，欣赏啊！"

光潜

1932 年夏，莱茵河畔

"大人者不失其赤子之心"

——艺术与游戏

一直到现在，我们所讨论的都偏重欣赏。现在我们可以换一个方向来讨论创造了。

既然明白了欣赏的道理，进一步来研究创造，便没有什么困难，因为欣赏和创造的距离并不像一般人所想象的那么远。欣赏之中都寓有创造，创造之中也都寓有欣赏。创造和欣赏都是要见出一种意境，造出一种形象，都要根据想象与情感。比如说姜白石的"数峰清苦，商略黄昏雨"一句词含有一个受情感饱和的意境。姜白石在作这句词时，先须从自然中见出这种意境，然后拿这九个字把它翻译出来。在见到意境的一刹那中，他是在创造也是在欣赏。我在读这句词时，这九个字对于我只是一种符号，我要能认识这种符号，要凭想象与情感从这种符号中领略出姜白石原来所见到的意境，须把他的译文翻回到原文。我在见到他的意境一刹那中，我是在欣赏也是在创造。倘若我丝毫无所创造，他所用的九个字对于我就漫无意义了。一首诗做成之后，不是就变成个个读者的产业，使他可以坐享其成。它也好比一片自然风景，观赏者要拿自己的想象和情趣来交接它，才能有所得。他所得深浅和他自己的想象与情趣成比例。读诗就是再作诗，一首诗的生命不是作者一个人所能维持住，也要读者帮忙才行。读者的想象和情感是生生不息的，一首诗的生命也就是生生不息的，它并非是一成不变的。一切艺术作品都是如此，没有创造就不能有欣赏。

创造之中都寓有欣赏，但是创造却不全是欣赏。欣赏只要能见出一种意境，而创造却须再进一步，把这种意境外射出来，成为具体的作品。这种外射也不是易事，它要有相当的天才和人力，我们到以后还要详论它，现在只就艺术的雏形来研究欣赏和创造的关系。

艺术的雏形就是游戏。游戏之中就含有创造和欣赏的心理活动。人们不都是艺术家，但每一个人都做过儿童，对于游戏都有几分经验。所以要了解艺术的创造和欣赏，最好是先研究游戏。

骑马的游戏是很普遍的，我们就把它做例来说。儿童在玩骑马的把戏时，他的心理活动可以用这么一段话说出来："父亲天天骑马在街上走，看他是多么好玩！多么有趣！我们也骑来试试看。他的那匹大马自然不让我们骑。小弟弟，你弯下腰来，让我骑！特！特！走快些！你没有气力了吗？我去换一匹马罢。"于是厨房里的竹帚夹在胯下又变成一匹马了。

从这个普遍的游戏中间，我们可以看出几个游戏和艺术的类似点。

一、像艺术一样，游戏把所欣赏的意象加以客观化，使它成为一个具体的情境。小孩子心里先印上一个骑马的意象，这个意象变成他的情趣的集中点（这就是欣赏）。情趣集中时意象大半孤立，所以本着单独观念实现于运动的普遍倾向，从心里外射出来，变成一个具体的情境（这就是创造），于是有骑马的游戏。骑马的意象原来是心镜从外物界所摄来的影子。在骑马时儿童仍然把这个影子交还给外物界。不过这个影子在摄来时已顺着情感的需要而有所选择去取，在脑里打一个翻转之后，又经过一番意匠经营，所以不复是生糙的自然。一个人可以当马骑，一个竹帚也可以当马骑。换句话说，儿童的游戏不完全是模仿自然，它也带有几分创造性。他不仅做骑马的游戏，有时还捡一支粉笔或土块在地上画一个骑马的人。他在一个圆圈里画两点一直一横就成了一个面孔，在下面再安上两条线就成了两只腿。他原来看人物时只注意到这些最刺眼的运动的部分，他是一个印象派的作者。

二、像艺术一样，游戏是一种"想当然耳"的勾当。儿童在拿竹帚当马骑时，心里完全为骑马这个有趣的意象占住，丝毫不注意到他所骑的是竹帚而不是马。他聚精会神到极点，虽是在游戏而却不自觉是在游戏。本来是幻想的世界，却被他看成实在的世界了。他在幻想世界中仍然持着郑重其事的态度。全局尽管荒唐，而各部分却仍须合理。有两位小姊妹正在玩做买卖的把戏，她们的母亲从外面走进来向扮店主的姐姐亲了个嘴，扮顾客的妹妹便抗议说："妈妈，你为什么同开店的人亲嘴？"从这个实例看，我们可以知道儿戏很类似写剧本或是写小说，在不近情理之中仍须不背乎情理，要有批评家所说的"诗的真实"。成人们往往嗤不郑重的事为儿戏，其实成人自己很少像儿童在游戏时那么郑重,那么专心,那么认真。

三、像艺术一样,游戏带有移情作用,把死板的宇宙看成活跃的生灵。我们成人把人和物的界线分得很清楚,把想象的和实在的分得很清楚。在儿童心中这种分别是很模糊的。他把物视同自己一样,以为它们也有生命,也能痛能痒。他拿竹帚当马骑时,你如果在竹帚上扯去一条竹枝,那就是在他的马身上扯去一根毛,在骂你一场之后,他还要向竹帚说几句温言好语。他看见星说是天眨眼,看见露说是花垂泪。这就是我们在前面说过的"宇宙的人情化"。人情化可以说是儿童所特有的体物的方法。人越老就越不能起移情作用,我和物的距离就日见其大,实在的和想象的隔阂就日见其深,于是这个世界也就越没有趣味了。

四、像艺术一样,游戏是在现实世界之外另造一个理想世界来安慰情感。骑竹马的小孩子一方面觉得骑马的有趣,一方面又苦于骑马的不可能,骑马的游戏是他弥补现实缺陷的一种方法。近代有许多学者说游戏起于精力的过剩,有力没处用,才去玩把戏。这话虽然未可尽信,却含有若干真理。人生来就好动,生而不能动,便是苦恼。疾病、老朽、幽囚都是人所最厌恶的,就是它们夺去动的可能。动愈自由即愈使人快意,所以人常厌恶有限而追求无限。现实界是有限制的,不能容人尽量自由活动。人不安于此,于是有种种苦闷厌倦。要消遣这种苦闷厌倦,人于是自架空中楼阁。苦闷起于人生对于"有限"的不满,幻想就是人生对于"无限"的寻求,游戏和文艺就是幻想的结果。它们的功用都在帮助人摆脱实在的世界的缰锁,跳出到可能的世界中去避风息凉。人愈到闲散时愈觉单调生活不可耐，愈想在呆板平凡的世界中寻出一点出乎常轨的偶然的波浪，来排忧解闷。所以游戏和艺术的需要在闲散时愈紧迫。就这个意义说，它们确实是一种"消遣"。

儿童在游戏时意造空中楼阁，大概都现出这几个特点。他们的想象力还没有受经验和理智束缚死，还能去来无碍。只要有一点实事实物触动他们的思路，他们立刻就生出一种意境，在一弹指间就把这种意境渲染成五光十彩。念头一动，随便什么事物都变成他们的玩具，你给他们一个世界，他们立刻就可以造出许多变化离奇的世界来交还你。他们就是艺术家。一般艺术家都是所谓"大人者不失其赤子之心"。

艺术家虽然"不失其赤子之心"，但是他究竟是"大人"，有赤子所没有的老练和严肃。游戏究竟只是雏形的艺术而不就是艺术。它和艺术有三个重要的异点。

一、艺术都带有社会性，而游戏却不带社会性。儿童在游戏时只图自己高兴，并没有意思要拿游戏来博得旁观者的同情和赞赏。在表面看，这似乎是偏于唯我主义，但是这实在由于自我观念不发达。他们根本就没有把物和我分得很清楚，所以说不到求人同情于我的意思。艺术的创造则必有欣赏者。艺术家见到一种意境或是感到一种情趣，自得其乐还不甘心，他还要旁人也能见到这种意境，感到这种情趣。他固然不迎合社会心理去沽名钓誉，但是他是一个热情者，总不免希望世有知音同情。因此艺术不像克罗齐派美学家所说的，只达到"表现"就可以了事，它还要能"传达"。在原始时期，艺术的作者就是全民众,后来艺术家虽自成一阶级,他们的作品仍然是全民众的公有物。艺术好比一棵花,社会好比土壤,土壤比较肥沃,花也自然比较茂盛。艺术的风尚一半是作者造成的,一半也是社会造成的。

二、游戏没有社会性,只顾把所欣赏的意象"表现"出来;艺术有社会性,还要进一步把这种意象传达于天下后世,所以游戏不必有作品而艺术则必有作品。游戏只是逢场作戏,比如儿童堆砂为屋,还未堆成,即已推倒,既已尽兴,便无留恋。艺术家对于得意的作品常加意珍护,像慈母待婴儿一般。音乐家贝多芬常言生存是一大痛苦,如果他不是心中有未尽之蕴要谱于乐曲,他久已自杀。司马迁也是因为要做《史记》,所以隐忍受腐刑的羞辱。从这些实例看,可知艺术家对于艺术比一切都看重。他们自己知道珍贵美的形象,也希望旁人能同样地珍贵它。他自己见到一种精灵,并且想使这种精灵在人间永存不朽。

三、艺术家既然要借作品"传达"他的情思给旁人,使旁人也能同赏共乐,便不能不研究"传达"所必需的技巧。他第一要研究他所借以传达的媒介,第二要研究应用这种媒介如何可以造成美形式出来。比如说作诗文,语言就是媒介。这种媒介要恰能传出情思,不可任意乱用。相传欧阳修《昼锦堂记》首两句本是"仕宦至将相,富贵归故乡",送稿的使者已走过几百里路了,他还要打发人骑快马去添两个"而"字。文人用字不苟且,通常如此。儿童在游戏时对于所用的媒介绝不这样谨慎选择。他戏骑马时遇着竹帚就用竹帚,遇着板凳就用板凳,反正这不过是一种代替意象的符号,只要他自己以为那是马就行了,至于旁人看见时是否也恰能想到马的意象,他却丝毫不介意。倘若画家意在马而画一个竹帚出来,谁人能了解他的原意呢?艺术的内容和形式都要恰能融合一气,这种融合就是美。

总而言之,艺术虽伏根于游戏本能,但是因为同时带有社会性,须留有作品传达情思于观者,不能不顾到媒介的选择和技巧的锻炼。它逐渐发达到现在,已经在游戏前面走得很远,令游戏望尘莫及了。

"从心所欲,不逾矩"

——创造与格律

在艺术方面,受情感饱和的意象是嵌在一种格律里面的。

我们再拿王昌龄的《长信怨》来说,在上文我们已经从想象和情感两个观点研究过它,话虽然已经说得不少,但是如果到此为止,我们就不免抹杀了这首诗的一个极重要的成分。《长信怨》不仅是一种受情感饱和的意象,而这个意象又是嵌在调声押韵的"七绝"体里面的。"七绝"是一种格律。《长信怨》的意象是王昌龄的特创,这种格律却不是他的特创。他以前有许多诗人用它,他以后也有许多诗人用它。它是诗人们父传子、子传孙的一套家当。其他如五古、七古、五律、七律以及词的谱调等等也都是如此。

格律的起源都是归纳的,格律的应用都是演绎的。它本来是自然律,后来才变为规范律。

专就诗来说,我们来看格律如何本来是自然的。

诗和散文不同。散文叙事说理,事理是直截了当、一往无余的,所以它忌讳迂回往复，贵能直率流畅。诗遣兴表情，兴与情都是低回往复、缠绵不尽的，所以它忌讳直率，贵有一唱三叹之音，使情溢于辞。粗略地说，散文大半用叙述语气，诗大半用惊叹语气。

拿一个实例来说，比如看见一位年轻姑娘，你如果把这段经验当作"事"来叙，你只需说："我看见一位年轻姑娘。"如果把它当作"理"来说，你只需说："她年纪轻所以漂亮。"事既叙过了，理既说明了，你就不必再说什么，听者就可以完全明白你的意思。但是如果你一见就爱了她，你只说"我爱她"还不能了事，因为这句话只是叙述一桩事而不是传达一种情感，你是否真心爱她，旁人在这句话本身中还无从见出。如果你真心爱她，你此刻念她，过些时候还是念她。你的情感来而复去，去而复来。它是一个最不爽快的搅扰者。这种缠绵不尽的神情就要一种缠绵不尽的音节才表现得出。这个道理随便拿一首恋爱诗来看就会明白。比如古诗《华山畿》：

奈何许！天下人何限？慊慊只为汝！

这本来是一首极简短的诗，不是讲音节的好例，但是在这极短的篇幅中我们已经可以领略到一种缠绵不尽的情感，就因为它的音节虽短促却不直率。它的起句用"许"字落脚，第二句虽然用一个和"许"字不协韵的"限"字，末句却仍回到和"许"字协韵的"汝"字落脚。这种音节是往而复返的（由"许"到"限"是往，由"限"到"汝"是返）。它所以往而复返者，就因为情感也是往而复返的。这种道理在较长的诗里更易见出，你把《诗经》中《卷耳》或是上文所引过的《黍离》玩味一番，就可以明白。

韵只是音节中一个成分。音节除韵以外，在章句长短和平仄交错中也可以见出。章句长短和平仄交错的存在理由也和韵一样，都是顺着情感的自然需要。分析到究竟，情感是心感于物的激动，和脉搏、呼吸诸生理机能都密切相关。这些生理机能的节奏都是抑扬相间，往而复返，长短轻重成规律的。情感的节奏见于脉搏、呼吸的节奏，脉搏、呼吸的节奏影响语言的节奏。诗本来就是一种语言，所以它的节奏也随情感的节奏于往复中见规律。

最初的诗人都无意于规律而自合于规律，后人研究他们的作品，才把潜在的规律寻绎出来。这种规律起初都只是一种总结账，一种统计，例如"诗大半用韵""某字大半与某字协韵""章句长短大半有规律"，"平声和仄声的交错次第大半如此如此"之类。这本来是一种自然律。后来作诗的看见前人做法如此，也就如法炮制。从前诗人多用五言或七言，他们于是也用五言或七言；从前诗人五言起句用仄仄平平仄，次句往往用平平仄仄平，于是他们调声也用同样的次第。这样一来，自然律就变成规范律了。诗的声韵如此，其他艺术的格律也是如此，都是把前规看成定例。

艺术上的通行的做法是否可以定成格律，以便后人如法炮制呢？

这是一个很难的问题，绝对的肯定答复和绝对的否定答复都不免有流弊。从历史看，艺术的前规大半是先由自然律变而为规范律，再由规范律变而为死板的形式。一种作风在初盛时，自身大半都有不可磨灭的优点。后来闻风响应者得其形似而失其精神，有如东施学西施捧心，在彼为美者在此反适增其丑。流弊渐深，反动随起，于是文艺上有所谓"革命运动"。文艺革命的首领本来要把文艺从格律中解放出来，但是他们的闻风响应者又把他们的主张定为新格律。这种新格律后来又因经形式化而引起反动。一波未平，一波又起。一部艺术史全是这些推陈翻新、翻新为陈的轨迹。王静安在《人间词话》里所以说：

> 四言敝而有《楚辞》，《楚辞》敝而有五言，五言敝而有七言，古诗敝而有律绝，律绝敝而有词。盖文体通行既久，染指遂多，自成习套，豪杰之士亦难于其中自出新意，故遁而作他体以自解脱。一切文体所以始盛终衰者皆由于此。

在西方文艺中，古典主义、浪漫主义、写实主义和象征主义相代谢的痕迹也是如此。各派有各派的格律，各派的格律都有因成习套而"敝"的时候。

格律既可"敝"，又何取乎格律呢？格律都有形式化的倾向，形式化的格律都有束缚艺术的倾向。我们知道这个道理，就应该知道提倡要格律的危险。但是提倡不要格律也是一桩很危险的事。我们固然应该记得格律可以变为死板的形式，但是我们也不要忘记第一流艺术家大半都是从格律中做出来的。比如陶渊明的五古，李太白的七古，王摩诘的五律以及温飞卿、周美成诸人所用的词调，都不是出自作者心裁。

提倡格律和提倡不要格律都有危险，这岂不是一个矛盾吗？这并不是矛盾。创造不能无格律，但是只做到遵守格律的地步也绝不足与言创造。我们现在把这个道理解剖出来。

诗和其他艺术都是情感的流露。情感是心理中极原始的一种要素。人在理智未发达之前先已有情感；在理智既发达之后，情感仍然是理智的驱遣者。情感是心感于物所起的激动，其中有许多人所共同的成分，也有某个人特有的成分。这就是说，情感一方面有群性，一方面也有个性，群性是得诸遗传的，是永恒的，不易变化的；个性是成于环境的，是随环境而变化的。所谓"心感于物"，就是以得诸遗传的本能的倾向对付随人而异、随时而异的环境。环境随人随时而异，所以人类的情感时时在变化；遗传的倾向为多数人所共同，所以情感在变化之中有不变化者存在。

这个心理学的结论与本题有什么关系呢？艺术是情感的返照，它也有群性和个性的分别，它在变化之中也要有不变化者存在。比如单拿诗来说，四言、五言、七言、古、律、绝、词的交替是变化，而音节的需要则为变化中的不变化者。变化就是创造，不变化就是因袭。把不变化者归纳成为原则，就是自然律。这种自然律可以用为规范律，因为它本来是人类共同的情感的需要。但是只有群性而无个性，只有整齐而无变化，只有因袭而无创造，也就不能产生艺术。末流忘记这个道理，所以往往把格律变成死板的形式。

格律在经过形式化之后往往使人受拘束，这是事实，但是这绝不是格律本身的罪过，我们不能因噎废食。格律不能束缚天才，也不能把庸手提拔到艺术家的地位。如果真是诗人，格律会受他奴使；如果不是诗人，有格律他的诗固然腐滥，无格律它也还是腐滥。

古今大艺术家大半都从格律入手。艺术须寓整齐于变化。一味齐整，如钟摆摇动声，固然是单调；一味变化，如市场嘈杂声，也还是单调。由整齐到变化易，由变化到整齐难。从整齐入手，创造的本能和特别情境的需要会使作者在整齐之中求变化以避免单调。从变化入手，则变化之上不能再有变化，本来是求新奇而结果却仍还于单调。

古今大艺术家大半后来都做到脱化格律的境界。他们都从束缚中挣扎得自由，从整齐中酝酿出变化。格律是死方法，全赖人能活用。善用格律者好比打网球，打到娴熟时虽无心于球规而自合于球规，在不识球规者看，球手好像纵横如意，略无迁就规范的痕迹；在识球规者看，他却处处循规蹈矩。姜白石说得好："文以文而工，不以文而妙。"工在格律而妙则在神髓风骨。

孔夫子自道修养经验说："七十而从心所欲，不逾矩。"这是道德家的极境，也是艺术家的极境。"从心所欲，不逾矩"，艺术的创造活动尽于这七个字了。"从心所欲"者往往"逾矩"，"不逾矩"者又往往不能"从心所欲"。凡是艺术家都要能打破这个矛盾。孔夫子到快要死的时候才做到这种境界，可见循格律而能脱化格律，大非易事了。

"超以象外,得其环中"

——创造与情感

诗人于想象之外又必有情感。

分想作用和联想作用只能解释某意象的发生如何可能,不能解释作者在许多可能的意象之中何以独抉择该意象。再就上文所引的王昌龄的《长信怨》来说,长信宫四围的事物甚多,他何以单择寒鸦?和寒鸦可发生联想的事物甚多,他何以单择昭阳日影?联想并不是偶然的,有几条路可走时而联想只走某一条路,这就由于情感的阴驱潜率。在长信宫四围的许多事物之中只有带昭阳日影的寒鸦可以和弃妇的情怀相照映,只有它可以显出一种"怨"的情境。在艺术作品中人情和物理要融成一气,才能产生一个完整的境界。

这个道理可以再用一个实例来说明,比如王昌龄的《闺怨》:

闺中少妇不知愁,

春日凝妆上翠楼。

忽见陌头杨柳色,

悔教夫婿觅封侯!

　　杨柳本来可以引起无数的联想,桓温因杨柳而想到"树犹如此,人何以堪!",萧道成因杨柳而想起"此柳风流可爱,似张绪当年!",韩君平因杨柳而想起"昔日青青今在否"的章台妓女,何以这首诗的主人独懊悔当初劝丈夫出去谋官呢?因为"夫婿"的意象对于"春日凝妆上翠楼"的闺中少妇是一种受情感饱和的意象,而杨柳的浓绿又最易惹起春意,所以经它一触动,"夫婿"的意象就立刻浮上她的心头了。情感是生生不息的,意象也是生生不息的。换一种情感就是换一种意象,换一种意象就是换一种境界。即景可以生情,因情也可以生景。所以诗是作不尽的。有人说,风花雪月等等都已经被前人说滥了,所有的诗都被前人作尽了,诗是没有未来的了。这般人不但不知诗为何物,也不知生命为何物。诗是生命的表现。生命像柏格森所说的,时时在变化中即时时在创造中。说诗已经作穷了,就不啻说生命已到了末日。

　　王昌龄既不是班婕妤,又不是"闺中少妇",何以能感到她们的情感呢?这又要回到"子非鱼,安知鱼之乐"的老问题了。诗人和艺术家都有"设身处地"和"体物入微"的本领。他们在描写一个人时,就要钻进那个人的心孔,在霎时间就要变成那个人,亲自享受他的生命,领略他的情感。所以我们读他们的作品时,觉得它深中情理。在这种心灵感通中我们可以见出宇宙生命的连贯。诗人和艺术家的心就是一个小宇宙。

一般批评家常欢喜把文艺作品分为"主观的"和"客观的"两类，以为写自己经验的作品是主观的，写旁人的作品是客观的。这种分别其实非常肤浅。凡是主观的作品都必同时是客观的，凡是客观的作品亦必同时是主观的。比如说班婕妤的《怨歌行》：

> 新裂齐纨素，皎洁如霜雪，裁为合欢扇，团团似明月。出入君怀袖，动摇微风发。常恐秋节至，凉飚夺炎热，弃捐箧笥中，恩情中道绝。

她拿团扇自喻，可以说是主观的文学。但是班婕妤在作这首诗时就不能同时在怨的情感中过活，她须暂时跳开切身的情境，看看它像什么样子，才能发现它像团扇。这就是说，她在作《怨歌行》时须退处客观的地位，把自己的遭遇当作一幅画来看。在这一刹那中，她就已经由弃妇变而为歌咏弃妇的诗人了，就已经在实际人生和艺术之中辟出一种距离来了。

再比如说王昌龄的《长信怨》。他以一位唐朝的男子来写一位汉朝的女子，他的诗可以说是客观的文学。但是他在作这首诗时一定要设身处地地想象班婕妤谪居长信宫的情况如何。像班婕妤自己一样，他也是拿弃妇的遭遇当作一幅画来欣赏。在想象到聚精会神时，他达到我们在前面所说的物我同一的境界，霎时之间，他的心境就变成班婕妤的心境了，他已经由客观的观赏者变而为主观的享受者了。总之，主观的艺术家在创造时也要能"超以象外",客观的艺术家在创造时也要能"得其环中",像司空图所说的。

文艺作品都必具有完整性。它是旧经验的新综合,它的精彩就全在这综合上面见出。在未综合之前,意象是散漫零乱的;在既综合之后,意象是谐和整一的。这种综合的原动力就是情感。凡是文艺作品都不能拆开来看,说某一笔平凡,某一句警辟,因为完整的全体中各部分都是相依为命的。人的美往往在眼睛上现出,但是也要全体健旺,眼中精神才饱满,不能把眼睛单拆开来,说这是造化的"警句"。严沧浪说过:"汉魏古诗,气象混沌,难以句摘;晋以还始有佳句。"这话本是见道语而实际上又不尽然。晋以还始有佳句,但是晋以还的好诗像任何时代的好诗一样,仍然"难以句摘"。比如《长信怨》的头两句:"奉帚平明金殿开,暂将团扇共徘徊。"拆开来单看,本很平凡。但是如果没有这两句所描写的荣华冷落的情境,便显不出后两句的精彩。功夫虽从点睛见出,却从画龙做起。凡是欣赏或创造文艺作品,都要先注意到总印象,不可离开总印象而细论枝节。比如古诗《江南》:

江南可采莲,莲叶何田田!鱼戏莲叶间,鱼戏莲叶东,鱼戏莲叶南,鱼戏莲叶西,鱼戏莲叶北。

单看起来,每句都无特色,合看起来,全篇却是一幅极幽美的意境。这不仅是汉魏古诗是如此,晋以后的作品如陈子昂的《登幽州台》:

> 前不见古人,
> 后不见来者。
> 念天地之悠悠,
> 独怆然而涕下。

也是要在总印象上玩味,绝不能字斟句酌。晋以后的诗和晋以后的词大半都是细节胜于总印象,聪明气和斧凿痕迹都露在外面,这的确是艺术的衰落现象。

情感是综合的要素,许多本来不相关的意象如果在情感上能调协,便可形成完整的有机体,比如李太白的《长相思》收尾两句说:

> 相思黄叶落,白露点青苔。

钱起的《湘灵鼓瑟》收尾两句说:

> 曲终人不见,江上数峰青。

温飞卿的《菩萨蛮》前阕说:

> 水晶帘里颇黎枕,暖香惹梦鸳鸯锦。江上柳如烟,雁飞残月天。

秦少游的《踏莎行》前阕说：

> 雾失楼台，月迷津渡，桃源望断无寻处。可堪孤馆闭春寒，杜鹃声里斜阳暮。

这里加圈的字句所传出的意象都是物景，而这些诗词全体原来都是着重人事。我们仔细玩味这些诗词时，并不觉得人事之中猛然插入物景为不伦不类，反而觉得它们天生成地联络在一起，互相烘托，益见其美。这就由于它们在感情上是谐和的。单拿"曲终人不见，江上数峰青"两句诗来说，曲终人杳虽然与江上峰青绝不相干，但是这两个意象都可以传出一种凄清冷静的情感，所以它们可以调和。如果只说"曲终人不见"而无"江上数峰青"，或是只说"江上数峰青"而无"曲终人不见"，意味便索然了。从这个例子看，我们可以见出创造如何是平常的意象的不平常的综合，诗如何要论总印象，以及情感如何使意象整一种种道理了。

因为有情感的综合，原来似散漫的意象可以变成不散漫，原来似重复的意象也可以变成不重复。《诗经》里面的诗大半每篇都有数章，而数章所说的话往往无大差别。例如《王风·黍离》：

> 彼黍离离，彼稷之苗。行迈靡靡，中心摇摇。知我者谓我心忧，不知我者谓我何求！悠悠苍天，此何人哉？

彼黍离离,彼稷之穗。行迈靡靡,中心如醉。知我者谓我心忧,不知我者谓我何求!悠悠苍天,此何人哉?

彼黍离离,彼稷之实。行迈靡靡,中心如噎。知我者谓我心忧,不知我者谓我何求!悠悠苍天,此何人哉?

这三章诗每章都只更换两三个字,只有"苗""穗""实"三字指示时间的变迁,其余"醉""噎"两字只是为押韵而更换的;在意义上并不十分必要。三章诗合在一块不过是说:"我一年四季心里都在忧愁。"诗人何必把它说一遍又说一遍呢?因为情感原是往复低回、缠绵不尽的。这三章诗在意义上确似重复而在情感上则不重复。

总之,艺术的任务是在创造意象,但是这种意象必定是受情感饱和的。情感或出于己,或出于人,诗人对于出于己者须跳出来视察,对于出于人者须钻进去体验。情感最易感通,所以"诗可以群"。

"当局者迷，旁观者清"

——艺术和实际人生的距离

有几件事实我觉得很有趣味，不知道你有同感没有？

我的寓所后面有一条小河通莱茵河。我在晚间常到那里散步一次，走成了习惯，总是沿东岸去，过桥沿西岸回来。走东岸时我觉得西岸的景物比东岸的美；走西岸时适得其反，东岸的景物又比西岸的美。对岸的草木房屋固然比较这边的美，但是它们又不如河里的倒影。同是一棵树，看它的正身本极平凡，看它的倒影却带有几分另一世界的色彩。我平时又欢喜看烟雾朦胧的远树，大雪笼盖的世界和更深夜静的月景。本来是习见不以为奇的东西，让雾、雪、月盖上一层白纱，便见得很美丽。

北方人初看到西湖，平原人初看到峨眉，虽然审美力薄弱的村夫，也惊讶于它们的奇景；但在生长在西湖或峨眉的人除了以居近名胜自豪以外，心里往往觉得西湖和峨眉实在不过如此。新奇的地方都比熟悉的地方美，东方人初到西方，或是西方人初到东方，都往往觉得面前景物件件值得玩味。本地人自以为不合时尚的服装和举动，在外方人看，却往往有一种美的意味。

古董癖也是很奇怪的。一个周朝的铜鼎或是一个汉朝的瓦瓶在当时也不过是盛酒盛肉的日常用具，在现在却变成很稀有的艺术品。固然有些好古董的人是贪它值钱，但是觉得古董实在可玩味的人却不少。我到外国人家去时，主人常欢喜拿一点中国东西给我看。这总不外瓷罗汉、蟒袍、渔樵耕读图之类的装饰品，我看到每每觉得羞涩，而主人却诚心诚意地夸奖它们好看。

种田人常羡慕读书人，读书人也常羡慕种田人。竹篱瓜架旁的黄粱浊酒和朱门大厦中的山珍海鲜，在旁观者所看出来的滋味都比当局者亲口尝出来的好。读陶渊明的诗，我们常觉到农人的生活真是理想的生活，可是农人自己在烈日寒风之中耕作时所尝到的况味，绝不似陶渊明所描写的那样闲逸。

人常是不满意自己的境遇而羡慕他人的境遇，所以俗语说："家花不比野花香。"人对于现在和过去的态度也有同样的分别。本来是很酸辛的遭遇到后来往往变成很甜美的回忆。我小时在乡下住，早晨看到的是那几座茅屋，几畦田，几排青山，晚上看到的也还是那几座茅屋，几畦田，几排青山，觉得它们真是单调无味，现在回忆起来，却不免有些留恋。

这些经验你一定也注意到的。它们是什么缘故呢？

这全是观点和态度的差别。看倒影，看过去，看旁人的境遇，看稀奇的景物，都好比站在陆地上远看海雾，不受实际的切身的利害牵绊，能安闲自在地玩味目前美妙的景致。看正身，看现在，看自己的境遇，看习见的景物，都好比乘海船遇着海雾，只知它妨碍呼吸，只嫌它耽误程期，预兆危险，没有心思去玩味它的美妙。持实用的态度看事物，它们都只是实际生活的工具或障碍物，都只能引起欲念或嫌恶。要见出事物本身的美，我们一定要从实用世界跳开，以"无所为而为"的精神欣赏它们本身的形象。总而言之，美和实际人生有一个距离，要见出事物本身的美，须把它摆在适当的距离之外去看。

再就上面的实例说，树的倒影何以比正身美呢？它的正身是实用世界中的一片段，它和人发生过许多实用的关系。人一看见它，不免想到它在实用上的意义，发生许多实际生活的联想。它是避风息凉的或是架屋烧火的东西。在散步时我们没有这些需要，所以就觉得它没有趣味。倒影是隔着一个世界的，是幻境的，是与实际人生无直接关联的。我们一看到它，就立刻注意到它的轮廓线纹和颜色，好比看一幅图画一样。这是形象的直觉，所以是美感的经验。总而言之，正身和实际人生没有距离，倒影和实际人生有距离，美的差别即起于此。

同理，游历新境时最容易见出事物的美。习见的环境都已变成实用的工具。比如我久住在一个城市里面，出门看见一条街就想到朝某方向走是某家酒店，朝某方向走是某家银行；看见了一座房子就想到它是某个朋友的住宅，或是某个总长的衙门。这样的"由盘而之钟"，我的注意力就迁到旁的事物上去，不能专心致志地看这条街或是这座房子究竟像个什么样子。在崭新的环境中，我还没有认识事物的实用的意义，事物还没有变成实用的工具，一条街还只是一条街而不是到某银行或某酒店的指路标,一座房子还只是某颜色某线形的组合而不是私家住宅或是总长衙门,所以我能见出它们本身的美。

一件本来惹人嫌恶的事情,如果你把它推远一点看,往往可以成为很美的意象。卓文君不守寡,私奔司马相如,陪他当垆卖酒。我们现在把这段情史传为佳话。我们读李长吉的"长卿怀茂陵,绿草垂石井,弹琴看文君,春风吹鬓影"几句诗,觉得它是多么幽美的一幅画!但是在当时人看,卓文君失节却是一件秽行丑迹。袁子才尝刻一方"钱塘苏小是乡亲"的印,看他的口吻是多么自豪!但是钱塘苏小究竟是怎样的一个伟人?她原来不过是南朝的一个妓女。和这个妓女同时的人谁肯攀她做"乡亲"呢?当时的人受实际问题的牵绊,不能把这些人物的行为从极繁复的社会信仰和利害观念的圈套中划出来,当作美丽的意象来观赏。我们在时过境迁之后,不受当时的实际问题的牵绊,所以能把它们当作有趣的故事来谈。它们在当时和实际人生的距离太近,到现在则和实际人生距离较远了,好比经过一些年代的老酒,已失去它的原来的辣性,只留下纯淡的滋味。

一般人迫于实际生活的需要,都把利害认得太真,不能站在适当的距离之外去看人生世相,于是这丰富华严的世界,除了可效用于饮食男女的营求之外,便无其他意义。他们一看到瓜就想它是可以摘来吃的,一看到漂亮的女子就起性欲的冲动。他们完全是占有欲的奴隶。花长在园里何尝不可以供欣赏?他们却欢喜把它摘下来挂在自己的襟上或是插在自己的瓶里。一个海边的农夫逢人称赞他的门前海景时,便很羞涩地回过头来指着屋后一园菜说:"门前虽没有什么可看的,屋后这一园菜却还不差。"许多人如果不知道周鼎汉瓶是很值钱的古董，我相信他们宁愿要一个不易打烂的铁锅或瓷罐，不愿要那些不能煮饭藏菜的破铜破铁。这些人都是不能在艺术品或自然美和实际人生之中维持一种适当的距离。

艺术家和审美者的本领就在能不让屋后的一园菜压倒门前的海景，不拿盛酒盛菜的标准去估定周鼎汉瓶的价值，不把一条街当作到某酒店和某银行去的指路标。他们能跳开利害的圈套，只聚精会神地观赏事物本身的形象。他们知道在美的事物和实际人生之中维持一种适当的距离。

我说"距离"时总不忘冠上"适当的"三个字，这是要注意的。"距离"可以太过，可以不及。艺术一方面要能使人从实际生活牵绊中解放出来，一方面也要使人能了解，能欣赏，"距离"不及，容易使人回到实用世界，距离太远，又容易使人无法了解欣赏。这个道理可以拿一个浅例来说明。

王渔洋的《秋柳诗》中有两句说："相逢南雁皆愁侣，好语西乌莫夜飞。"在不知这诗的历史的人看来，这两句诗是漫无意义的，这就是说，它的距离太远，读者不能了解它，所以无法欣赏它。《秋柳诗》原来是悼明亡的，"南雁"是指国亡无所依附的故旧大臣，"西乌"是指有意屈节降清的人物。假使读这两句诗的人自己也是一个"遗老"，他对于这两句诗的情感一定比旁人较能了解。但是他不一定能取欣赏的态度，因为他容易看这两句诗而自伤身世，想到种种实际人生问题上面去，不能把注意力专注在诗的意象上面，这就是说，《秋柳诗》

对于他的实际生活距离太近了，容易把他由美感的世界引回到实用的世界。

许多人欢喜从道德的观点来谈文艺，从韩昌黎的"文以载道"说起，一直到现代"革命文学"以文学为宣传的工具止，都是把艺术硬拉回到实用的世界里去。一个乡下人看戏，看见演曹操的角色扮老奸巨猾的样子惟妙惟肖，不觉义愤填胸，提刀跳上舞台，把他杀了。从道德的观点评艺术的人们都有些类似这位杀曹操的乡下佬，义气虽然是义气，无奈是不得其时，不得其地。他们不知道道德是实际人生的规范，而艺术是与实际人生有距离的。

艺术须与实际人生有距离，所以艺术与极端的写实主义不相容。写实主义的理想在妙肖人生和自然，但是艺术如果真正做到妙肖人生和自然的境界，总不免把观者引回到实际人生，使他的注意力旁迁于种种无关美感的问题，不能专心致志地欣赏形象本身的美。比如裸体女子的照片常不免容易刺激性欲，而裸体雕像如《米洛斯爱神》，裸体画像如法国安格尔的《汲泉女》，都只能令人肃然起敬。这是什么缘故呢？这就是因为照片太逼肖自然，容易像实物一样引起人的实用的态度；雕刻和图画都带有若干形式化和理想化，都有几分不自然，所以不易被人误认为实际人生中的一片段。

艺术上有许多地方，乍看起来，似乎不近情理。古希腊和中国旧戏的角色往往戴面具、穿高底鞋，表演时用歌唱的声调，不像平常说话。埃及雕刻对于人体加以抽象化，往往千篇一律。波斯图案画把人物的肢体加以不自然地扭曲，中世纪"哥特式"诸大教寺的雕像把人物的肢体加以不自然地延长。中国和西方古代的画都不用远近阴影。这种艺术上的形式化往往遭浅人唾骂，它固然时有流弊，其实也含有至理。这些风格的创始者都未尝不知道它不自然，但是他们的目的正在使艺术和自然之中有一种距离。说话不押韵，不论平仄，作诗却要押韵，要论平仄，道理也是如此。艺术本来是弥补人生和自然缺陷的。如果艺术的最高目的仅在妙肖人生和自然，我们既已有人生和自然了，又何取乎艺术呢？

　　艺术都是主观的，都是作者情感的流露，但是它一定要经过几分客观化。艺术都要有情感，但是只有情感不一定就是艺术。许多人本来是笨伯而自信是可能的诗人或艺术家。他们常埋怨道："可惜我不是一个文学家，否则我的生平可以写成一部很好的小说。"富于艺术材料的生活何以不能产生艺术呢？艺术所用的情感并不是生糙的而是经过反省的。蔡琰在丢开亲生子回国时绝写不出《悲愤诗》，杜甫在"入门闻号咷，幼子饥已卒"时绝写不出《自京赴奉先县咏怀五百字》。这两首诗都是"痛定思痛"的结果。艺术家在写切身的情感时，都不能同时在这种情感中过活，必定把它加以客观化，必定由站在主位的尝受者退为站在客位的观赏者。一般人不能把切身的经验放在一种距离以外去看，所以情感尽管深刻，经验尽管丰富，终不能创造艺术。

"情人眼底出西施"

——美与自然

我们关于美感的讨论,到这里可以告一段落了,现在最好把上文所说的话回顾一番,看我们已经占住了多少领土。美感是什么呢?从积极方面说,我们已经明白美感起于形象的直觉,而这种形象是孤立自足的,和实际人生有一种距离;我们已经见出美感经验中我和物的关系,知道我的情趣和物的姿态交感共鸣,才见出美的形象。从消极方面说,我们已经明白美感一不带意志欲念,有异于实用态度,二不带抽象思考,有异于科学态度;我们已经知道一般人把寻常快感、联想以及考据与批评认为美感的经验是一种大误解。

美生于美感经验,我们既然明白美感经验的性质,就可以进一步讨论美的本身了。

什么叫作美呢?

在一般人看,美是物所固有的。有些人物生来就美,有些人物生来就丑。比如称赞一个美人,你说她像一朵鲜花,像一颗明星,像一只轻燕，你绝不说她像一个布袋，像一条犀牛或是像一只癞蛤蟆。这就分明承认鲜花、明星和轻燕一类事物原来是美的，布袋、犀牛和癞蛤蟆一类事物原来是丑的。说美人是美的，也犹如说她是高是矮是肥是瘦一样，她的高矮肥瘦是她的星宿定的，是她从娘胎带来的，她的美也是如此，和你看者无关。这种见解并不限于一般人，许多哲学家和科学家也是如此想。所以他们费许多心力去实验最美的颜色是红色还是蓝色，最美的形体是曲线还是直线，最美的音调是 G 调还是 F 调。

但是这种普遍的见解显然有很大的难点，如果美本来是物的属性，则凡是长眼睛的人们应该都可以看到，应该都承认它美，好比一个人的高矮，有尺可量，是高大家就要都说高，是矮大家就要都说矮。但是美的估定就没有一个公认的标准。假如你说一个人美，我说她不美，你用什么方法可以说服我呢？有些人欢喜辛稼轩而讨厌温飞卿，有些人欢喜温飞卿而讨厌辛稼轩，这究竟谁是谁非呢？同是一个对象，有人说美，有人说丑，从此可知美本在物之说有些不妥了。

因此，有一派哲学家说美是心的产品。美如何是心的产品，他们的说法却不一致。康德以为美感判断是主观的而却有普遍性，因为人心的构造彼此相同。黑格尔以为美是在个别事物上见出"概念"或理想。比如你觉得峨眉山美，由于它表现"庄严""厚重"的概念。你觉得《孔雀东南飞》美，由于它表现"爱"与"孝"两种理想的冲突。托尔斯泰以为美的事物都含有宗教和道德的教训。此外还有许多其他的说法。说法既不一致，就只有都是错误的可能而没有都不错的可能，好比一个数学题生出许多不同的答数一样。大约哲学家们都犯过信理智的毛病，艺术的欣赏大半是情感的而不是理智的。在觉得一件事物美时，我们纯凭直觉，并不是在下判断，如康德所说的，也不是在从个别事物中见出普遍原理，如黑格尔、托尔斯泰一般人所说的；因为这些都是科学的或实用的活动，而美感并不是科学的或实用的活动。还不仅此。美虽不完全在物却亦非与物无关。你看到峨眉山才觉得庄严、厚重，看到一个小土墩却不能觉得庄严、厚重。从此可知物须先有使人觉得美的可能性，人不能完全凭心灵创造出美来。

依我们看，美不完全在外物，也不完全在人心，它是心物婚媾后所产生的婴儿。美感起于形象的直觉。形象属物而却不完全属于物，因为无我即无由见出形象；直觉属我却又不完全属于我，因为无物则直觉无从活动。美之中要有人情也要有物理，二者缺一都不能见出美。再拿欣赏古松的例子来说，松的苍翠劲直是物理，松的清风亮节是人情。从"我"的方面说，古松的形象并非天生自在的，同是一棵古松，千万人所见到的形象就有千万不同，所以每个形象都是每个人凭着人情创造出来的，每个人所见到的古松的形象就是每个人所创造的艺术品，它有艺术品通常所具的个性，它能表现各个人的性分和情趣。从"物"的方面说，创造都要有创造者和所创造物，所创造物并非从无中生有，也要有若干材料，这材料也要有创造成美的可能性。松所生的意象和柳所生的意象不同，和癞蛤蟆所生的意象更不同。所以松的形象这一个艺术品的成功，一半是我的贡献，一半是松的贡献。

这里我们要进一步研究我与物如何相关了。何以有些事物使我觉得美，有些事物使我觉得丑呢？我们最好用一个浅例来说明这个道理。

比如我们看下列六条垂直线，往往把它们看成三个柱子，觉得这三个柱子所围的空间（即 A 与 B、C 与 D 和 E 与 F 所围的空间）离我们较近，而 B 与 C 以及 D 与 E 所围的空间则看成背景，离我们较远。还不仅此。我们把这六条垂直线摆在一块看，它们仿佛自成一个谐和的整体；至于 G 与 H 两条没有规律的线则仿佛是这整体以外的东西，如果勉强把它搭上前面的六条线一块看，就觉得它不和谐。

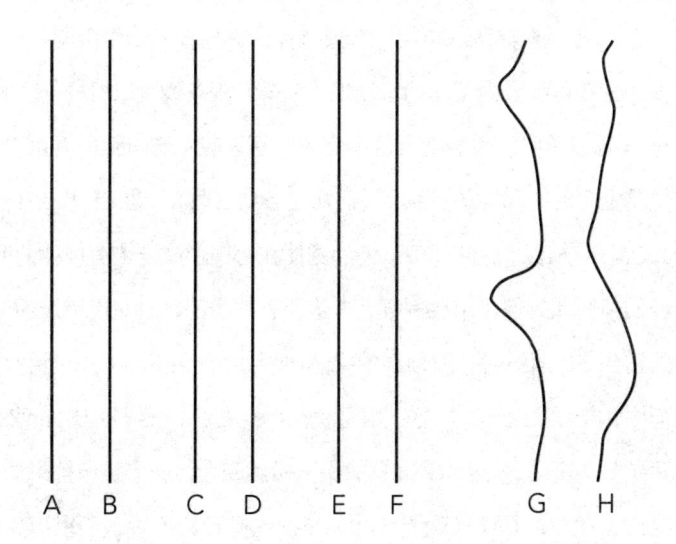

（1）A 与 B、C 与 D、E 与 F 距离都相等。

（2）B 与 C、D 与 E 距离相等，略大于 A 与 B 的距离。

（3）F 与 G 的距离较 B 与 C 的距离大。

（4）A、B、C、D、E、F 为六条平行垂直线，G 与 H 为两条没有规律的线。

从这个有趣的事实，我们可以看出两个很重要的道理：

一、最简单的形象的直觉都带有创造性。把六条垂直线看成三个柱子，就是直觉到一种形象。它们本来同是垂直线，我们把 A 和 B 选在一块看，却不把 B 和 C 选在一块看；同是直线所围的空间，本来没有远近的分别，我们却把 A、B 中空间看得近，把 B、C 中空间看得远。从此可知在外物者原来是散漫混乱，经过知觉的综合作用，才现出形象来。形象是心灵从混乱的自然中所创造成的整体。

二、心灵把混乱的事物综合成整体的倾向却有一个限制，事物也要本来就有可综合为整体的可能性。A 至 F 六条线可以看成一个整体，G 与 H 两条线何以不能纳入这个整体里面去呢？这里我们很可以见出在觉美觉丑时心和物的关系。我们从左看到右时，看出 CD 和 AB 相似，DE 又和 BC 相似。这两种相似的感觉便在心中形成一个有规律的节奏，使我们预料此后都可由此例推，右边所有的线都顺着左边诸线的节奏。视线移到 EF 两线时，所预料的果然出现，EF 果然与 CD 也相似。预料而中，自然发生一种快感。但是我们再向右看，看到 G 与 H 两线时，就猛觉与前不同，不但 G 和 F 的距离猛然变大，原来是像柱子的平行垂直线，现在却是两条毫无规律的线。这是预料不中，所以引起不快感。因此 G 与 H 两线不但在物理方面和其他六条线不同，在情感上也和它们不能谐和，所以被摈于整体之外。

这里所谓"预料"自然不是有意的，好比深夜下楼一样，步步都踏着一步梯，就无意中预料以下都是如此，倘若猛然遇到较大的距离，或是踏到平地，才觉得这是出于意料。许多艺术都应用规律和节奏，而规律和节奏所生的心理影响都以这种无意的预料为基础。

懂得这两层道理，我们就可以进一步来研究美与自然的关系了。一般人常欢喜说"自然美"，好像以为自然中已有美，纵使没有人去领略它，美也还是在那里。这种见解就是我们在上文已经驳过的美本在物的说法。其实"自然美"三个字，从美学观点看，是自相矛盾的，是"美"就不"自然"，只是"自然"就还没有成为"美"。说"自然美"就好比说上文六条垂直线已有三个柱子的形象一样。如果你觉得自然美，自然就已经过艺术化，成为你的作品，不复是生糙的自然了。比如你欣赏一棵古松，一座高山，或是一湾清水，你所见到的形象已经不是松、山、水的本色，而是经过人情化的。各人的情趣不同，所以各人所得于松、山、水的也不一致。

流行语中有一句话说得极好："情人眼底出西施。"美的欣赏极似"柏拉图式的恋爱"。你在初尝恋爱的滋味时，本来也是寻常血肉做的女子却变成你的仙子。你所理想的女子的美点她都应有尽有。在这个时候，你眼中的她也不复是她自己原身而是经你理想化过的变形。你在理想中先酝酿成一个尽美尽善的女子，然后把她外射到你的爱人身上去，所以你的爱人其实不过是寄托精灵的躯壳。你只见到精灵，所以觉得无瑕可指；旁人冷眼旁观，只见到躯壳，所以往往诧异道："他爱上她，真是有些奇怪。"一言以蔽之，恋爱中的对象是已经艺术化过的自然。

美的欣赏也是如此，也是把自然加以艺术化。所谓艺术化，就是人情化和理想化。不过美的欣赏和寻常恋爱有一个重要的异点。寻常恋爱都带有很强烈的占有欲，你既恋爱一个女子，就有意无意地存有

"欲得之而甘心"的态度。美感的态度则丝毫不带占有欲。一朵花无论是生在邻家的园子里或是插在你自己的瓶子里，你只要能欣赏，它都是一样美。老子所说的"为而不有，功成而不居"，可以说是美感态度的定义。古董商和书画金石收藏家大半都抱有"奇货可居"的态度，很少有能真正欣赏艺术的。我在上文说过，美的欣赏极似"柏拉图式的恋爱"，所谓"柏拉图式的恋爱"对于所爱者也只是无所为而为的欣赏，不带占有欲。这种恋爱是否可能，颇有人置疑，但是历史上有多少著例，凡是到极浓度的初恋者也往往可以达到胸无纤尘的境界。

附　录

作者自传

我笔名孟实，1897年9月19日出生于安徽桐城乡下一个破落的地主家庭。父亲是个乡村私塾教师。我从六岁到十四岁，在父亲鞭挞之下受了封建私塾教育，读过而且大半背诵过四书五经、《古文观止》和《唐诗三百首》，看过《史记》和《通鉴辑览》，偷看过《西厢记》和《水浒》之类旧小说，学过写科举时代的策论时文。到十五岁才入"洋学堂"（高小），当时已能写出大致通顺的文章。在小学只待半年，就升入桐城中学。这是桐城派古文家吴汝纶创办的，所以特重桐城派古文，主要课本是姚惜抱的《古文辞类纂》，按教师的传授，读时一定要朗诵和背诵，据说这样才能抓住文章的气势和神韵，便于自己学习作文。我从此就放弃时文，转而摸索古文。我得益最多的国文教师是潘季野，他是一个宋诗派的诗人，在他的熏陶之下，我对中国旧诗养成了浓厚的兴趣。1916年中学毕业，在家乡当了半年小学教员。本想考北京大学，慕的是它的"国故"，但家贫拿不起路费和学费，只好就近考进了不收费的武昌高等师范学校中文系。我很失望，教师还不如桐城中学的。除了圈点一部段玉裁的《说文解字注》，略窥中国文字学门径之外，一无所获。读了一年之后，就碰上北洋军阀的教育部从全国几所高等师范学校里考选一批学生到香港大学去学教育。我考取了。从1918年到1922年，我就在这所英国人办的大学里学了一点教育学，但主要地还是学了英国语言和文学，以及生物学和心理学这两门自然科学的一点常识。这就奠定了我这一生教育活动和学术活动的方向。

我到香港大学后不久，就发生了五四运动，洋学堂和五四运动当然漠不相干。不过我在私塾里就酷爱梁启超的《饮冰室文集》，颇有认识新鲜事物的热望。在香港还接触到《新青年》。我看到胡适提倡白话文的文章，心里发生过很大的动荡。我始而反对，因为自己也在"桐城谬种"之列，可是不久也就转过弯来了，毅然决然地放弃了古文和文言，自己也学着写起白话来了。我在美学方面的第一篇处女作《无言之美》就是用白话文写的。写白话文时，我发现文言的修养也还有些用处，就连桐城派古文所要求的纯正简洁也还未可厚非。

香港毕业后，通过同班好友高觉敷的介绍，我结识了吴淞中国公学校长张东荪。应他的邀约，我于1922年夏，到吴淞中国公学中学部教英文，兼校刊《旬刊》的主编。当我的编辑助手的学生是当时还以进步面貌出现的姚梦生，即后来的姚蓬子。在吴淞时代我开始尝到复杂的阶级斗争的滋味。我听过李大钊和恽代英两先烈的讲话。由于我受到长期的封建教育和英帝国主义教育，同左派郑振铎和杨贤江，以及右派中国青年党陈启天、李璜等人都有些往来，我虽是心向进步青年却不热心于党派斗争,以为不问政治,就高人一等。江浙战争中吴淞中国公学被打垮了,我就由上海文艺界朋友夏丏尊介绍,到浙江上虞白马湖春晖中学教英文,在短短的几个月之中我结识了后来对我影响颇深的匡互生、朱自清和丰子恺几位好友。匡互生当时和无政府主义者有些往来,还和毛泽东同志同过学,因不满意春晖中学校长的专制作风,建议改革而没有被采纳,就愤而辞去教务主任职,掀起一场风潮。我同情他,跟他一起采取断然态度,离开春晖中学跑到上海去另谋生路。我和他到了上海之后,夏丏尊、章锡琛、丰子恺、周为群等,也陆续离开春晖中学赶到上海。上海方面又陆续加上叶圣陶、胡愈之、周予同、陈之佛、刘大白、夏衍几位朋友。我们成立了一个立达学会,在江湾筹办了一所立达学园。开办的宗旨是在匡互生的授意之下由我草拟后正式公布的。这个宣言提出了教育独立自由的口号,矛头直接针对着北洋军阀的专制教育。与立达学园紧密联系在一起的还有由我们筹办的开明书店和一种刊物(先叫《一般》,后改名《中学生》)。"开明"是"启蒙"的意思,争取的对象是以中学生为主的青年一代。这家书店就是解放后由叶圣陶在北京主持的青年书店,即中国青年出版社的前身。我把上海的这段经历说详细一点,因为这是我一生的一个主要转折点和后来一些活动的起点。我的大部分著述都是为青年写的,而且是由开明书店出版的。

　　立达学园办起来之后,我就考取安徽官费留英。1925年夏,我取道苏联赴英,正值苏联执行新经济政策时代,在火车上和苏联人攀谈过,在莫斯科住过豪华的欧罗巴饭店,也在烟雾弥漫、肮脏嘈杂的小酒店里喝过伏特加，啃过黑面包，留下了一些既兴奋而又不很愉快的印象。到了英国，我就进了由香港大学的苏格兰教师沈顺教授所介绍的爱丁堡大学。我选修的课程有英国文学、哲学、心理学、欧洲古代史和艺术史。令我至今怀念的导师有英国文学方面的谷里尔生教授，他是荡恩派"哲理诗"的宣扬者，对英国艾略特"近代诗派"和对理查兹派文学批评都起过显著的影响。哲学导师是侃普·斯密斯教授，研究康德哲学的权威，而教给我的却是怀疑派休谟的《自然宗教的对话》。列宁在《唯物主义和经验批判主义》里还赞许过他。美术史导师布朗老教授用幻灯来就具体艺术杰作说明艺术发展史，课程结束那一天早晨照例请全班学生们吃一餐早点。1929年在爱丁堡毕业后，我就转入伦敦大学的大学学院，听浅保斯教授讲莎士比亚，对他的烦琐考证和所谓"版本批评"感到厌烦，于是把大部分功夫花在大英博物馆的阅览室里。伦敦和巴黎只隔一个海峡，所以我同时在巴黎大学注册，偶尔过海去听课，听到该校文学院长德拉库瓦教授讲《艺术心理学》，甚感兴趣，他的启发使我起念写《文艺心理学》。前此在爱丁堡大学时我在心理学研究班里宣读过一篇《悲剧的喜感》论文，颇受心理学导师竺来佛博士的嘉许，劝我以此为基础去进行较深入的研究，于是我起念要写一部《悲剧心理学》，作为博士论文。后来就离开了英国，转到莱茵河畔斯特拉斯堡大学。一则因为那是德国大诗人歌德的母校，地方比较僻静，生活较便宜；二则那地方法语和德语通用，可趁机学习对我的专科极为重要的德语。我的论文《悲剧心理学》是在该校心理学教授夏尔·布朗达尔指导之下写成和通过的。

在英法留学八年之中，听课、预备考试只是我的一小部分工作，大部分的时间都花在大英博物馆和学校的图书馆里，一边阅读，一边写作。原因是我一直在闹穷，官费经常不发，不得不靠写作来挣稿费吃饭。同时，我也发现边阅读、边写作是一个很好的学习方法。这样学习比较容易消化，容易深入些。我的大部分解放前的主要著作都是在学生时代写出的。一到英国，我就替开明书店的刊物《一般》和后来的《中学生》写稿，曾搜辑成《给青年的十二封信》出版。这部处女作现在看来不免有些幼稚可笑，但当时却成了一种最畅销的书，原因在我反映了当时一般青年小知识分子的心理状况。我和广大青年建立了友好关系，就从这本小册子开始。此后我写出文章不愁找不到出版处。接着我就写出了《文艺心理学》和它的缩写本《谈美》；一直是我心中主题的《诗论》，也写出初稿；并译出了我的美学思想的最初来源克罗齐的《美学原理》。此外，我还写了一部《变态心理学派别》（开明书店）和一部《变态心理学》（商务印书馆），总结了我对变态心理学的认识。在罗素的影响之下，我还写过一部叙述符号逻辑派别的书（稿交商务印书馆，抗日战争中遭火焚掉）。这些科目在现代美学中都还在产生影响。

回国前，由旧中央研究院历史所我的一位高师同班好友徐中舒把我介绍给北京大学文学院长胡适，并且把我的《诗论》初稿交给胡适作为资历的证件。于是胡适就聘我任北大西语系教授。我除在北大西语系讲授西方名著选读和文学批评史之外，还拿《文艺心理学》和《诗论》在北大中文系和由朱自清任主任的清华大学中文系研究班开过课。后来我的留法老友徐悲鸿又约我到中央艺术学院讲了一年《文艺心理学》。

当时正逢"京派"和"海派"对垒。京派大半是文艺界旧知识分子，海派主要指左联。我由胡适约到北大，自然就成了京派人物，京派在"新月"时期最盛，自从诗人徐志摩死于飞机失事之后，就日渐衰落。胡适和杨振声等人想使京派再振作一下，就组织一个八人编委会，筹办一种《文学杂志》。编委会之中有杨振声、沈从文、周作人、俞平伯、朱自清、林徽因等人和我。他们看到我初出茅庐，不大为人所注目或容易成为靶子，就推我当主编。由胡适和王云五接洽，把新诞生的《文学杂志》交商务印书馆出版。在第一期我写了一篇发刊词，大意说在诞生中的中国新文化要走的路宜于广阔些，丰富多彩些，不宜过早地窄狭化到只准走一条路。这是我的文艺独立自由的老调。《文学杂志》尽管是京派刊物，发表的稿件并不限于京派，有不同程度左派色彩的作家们如朱自清、闻一多、冯至、李广田、何其芳、卞之琳等人，也经常出现在《文学杂志》上。杂志一出世，就成为最畅销的一种文艺刊物。尽管它只出了两期就因抗日战争爆发而停刊，至今文艺界还有不少的人记得它（不过抗战胜利后复刊，出了几期就日渐衰落了）。

抗日战争爆发后，我就应新任代理四川大学校长的张颐之约，到川大去当文学院长。刚满一年，国民党二陈派就要撤换张颐而任用他们自己的"四大金刚"之一程天放。我立即挥动"教育自由"的旗帜，掀起轰动一时的"易长风潮"。在这场斗争中我得到了中国共产党的支持，沙汀和周文对我很关心，把消息传到延安，周扬立即通过他们两人交给我一封信，约我去延安参观，我也立即回信给周扬同志说我要去。但是当时我根本没有革命的意志，国民党通过我的一些留欧好友力加劝阻，又通过现代评论派王星拱和陈西滢几位旧友把我拉到武汉大学外文系去任教授。这对我是一次惨痛的教训。意志不坚定，不但谈不上革命，就连争学术自由或文艺自由，也还是空话。到了1942年，由于校内有湘皖两派之争，我是皖人而和湘派较友好，王星拱就拉我当教务长来调和内讧。国民党有个老规矩，学校"长字号"人物都必须参加国民党，因此我就由反对国民党转而靠拢了国民党，成了蒋介石的"御用文人"，曾为国民党的《中央周刊》写了两年稿子，后来集成两本册子，一是《谈文学》，一是《谈修养》。

1949年冬，我拒绝乘蒋介石派到北京的飞机去台湾，自留在北大。在新中国成立初思想改造阶段，我是重点对象。我受到很多教育，特别是在参加了文联和全国政协之后，经常得到机会到全国各地参观访问，拿新中国和旧中国对比，我心悦诚服地认识到社会主义是中国所能走的唯一道路。这就决定了我对1957年到1962年的全国性的美学问题讨论的态度。

我在四川时期，以重庆为抗战中基地的全国文联曾选举我为理事。解放后不久我在北京恢复了文联理事的身份。在美学讨论开始前，胡乔木、邓拓、周扬和邵荃麟等同志就已分别向我打过招呼，说这次美学讨论是为澄清思想，不是要整人。我积极地投入了这场论争，不隐瞒或回避我过去的美学观点，也不轻易地接纳我认为并不正确的批判。这次美学大辩论是新中国文艺界的一件大事，就全国来说，它大大提高了文艺工作者和一般青年研究美学的兴趣和热情；就我个人来说，它帮助我认识自己过去宣扬的美学观点大半是片面唯心的。从此我开始认真钻研辩证唯物主义和历史唯物主义。为此，我在年近六十时，还抽暇把俄文学到能勉强阅读和翻译的程度。我曾精选几本马克思主义经典著作来摸索，译文看不懂的就对照四种文字的版本去琢磨原文的准确含义，对中译文的错误或欠妥处做了笔记。同时我也逐渐看到美学在我国的落后状况，参加美学论争的人往往并没有弄通马克思主义，至于资料的贫乏，对哲学史、心理学、人类学和社会学之类与美学密切相关的科学，有时甚至缺乏常识，尤其令人惊讶。因此我立志要多做一些翻译重要资料的工作。原已译过克罗齐的《美学原理》，解放后又陆续译出柏拉图的《文艺对话集》、莱辛的《拉奥孔》、爱克曼辑的《歌德谈话录》以及黑格尔的《美学》三卷。此外还有些译稿或在《文艺理论译丛》中发表过，或已在"四人帮"时代丧失了。

美学讨论从1957年进行到1962年，全部发表过的文章搜集成六册《美学问题讨论集》；我自己发表的文章还另搜集成一个选本，都由作家出版社出版。大约在1962年夏天，党中央一些领导同志在高级党校召集过一次会议，胡乔木同志就这次美学讨论做了总结性的发言，肯定了成绩，也指出了今后努力方向。会议还决定派我在高级党校讲三个月的美学史。前此北大哲学系已成立了美学组，把我从西语系调到哲学系，替美学组训练一批美学教师，我讲的也是西方美学史。1962年召开的文科教材会议，决定大专院校文科逐步开设美学课，并指定我编一部《西方美学史》。于是我就在前此讲过的粗略讲义和资料译稿的基础上编出两卷《西方美学史》，1963年由人民文学出版社印行。"四人帮"把这部美学史打入冷宫十余年，直到1979年再版。在再版时，我曾把序论和结论部分做了一些修改。这就是解放后我在美学方面的主要著作，缺点仍甚多，特别是我当时思想还未解放，不敢评介我过去颇下过一些功夫的尼采和叔本华以及弗洛伊德派变态心理学，因为这几位在近代发生巨大影响的思想家在我国都戴过"反动"的帽子。"前修未密，后起转精"，这些遗漏只有待后起者来填补了。

最近几年我参加了关于形象思维的辩论，还应上海文艺出版社之约，写了一本《谈美书简》通俗小册子。不过我的中心工作还是对马克思主义经典著作的摸索。我重新试译了《费尔巴哈论纲》和《经济学哲学手稿》中一些关键性的章节，并做了注释和评介，想借此澄清一下"异化"、实践观点、人性论和人道主义、美和美感、唯心与唯物的分别和关系等这些全世界学术界都在关心和热烈争论的问题。这些八十岁以后的译文、札记和论文都搜集在百花文艺出版社出版的《美学拾穗集》里。

今年我已开始抽暇试译维柯的《新科学》。这部著作讨论的是人类怎样从野蛮动物逐渐演变成为文明社会的人，涉及神话和宗教、家族和社会、阶级斗争观点、历史发展观点、美学与语言学的一致性以及形象思维先于抽象思维之类重要问题。全书约四十万字，希望明年内可以译完。再下一步就走着看了。需要做的工作总是做不完的。

1980年9月

图书在版编目（CIP）数据

人间至美：朱光潜经典散文集 / 朱光潜著. -- 石家庄：花山文艺出版社，2020.5
　ISBN 978-7-5511-4135-2

Ⅰ. ①人… Ⅱ. ①朱… Ⅲ. ①散文集 - 中国 - 当代 Ⅳ. ① I267

中国版本图书馆 CIP 数据核字 (2020) 第 015197 号

书　　名：	人间至美：朱光潜经典散文集
著　　者：	朱光潜
责任编辑：	刘燕军
特约策划：	王兰颖
特约编辑：	四　朵　苗玉佳
责任校对：	李　伟
封面设计：	仙境设计
美术编辑：	胡彤亮
出版发行：	花山文艺出版社（邮政编码：050061）
	（河北省石家庄市友谊北大街 330 号）
销售热线：	0311-88643221/29/31/32/26
传　　真：	0311-88643225
印　　刷：	三河市海新印务有限公司
经　　销：	新华书店
开　　本：	880×1230　1/32
印　　张：	7
字　　数：	150 千字
版　　次：	2020 年 5 月第 1 版
	2020 年 5 月第 1 次印刷
书　　号：	ISBN 978-7-5511-4135-2
定　　价：	39.80 元

（版权所有　翻印必究·印装有误　负责调换）